文春文庫

探梅ノ家（たんばいノいえ）

居眠り磐音（十二）決定版

佐伯泰英

文藝春秋

目次

「居眠り磐音」主な登場人物

坂崎磐音（さかざきいわね）
元豊後関前藩士の浪人。藩の剣道場、神伝一刀流の中戸道場を経て、江戸の佐々木道場で剣術修行をした剣の達人。

小林奈緒（こばやしなお）
磐音の幼馴染みで許婚（いいなずけ）だった。琴平、舞の妹。小林家廃絶後、遊里に身売りし、江戸・吉原で花魁（おいらん）・白鶴（はっかく）となる。

坂崎正睦（さかざきまさよし）
磐音の父。豊後関前藩の国家老。藩財政の立て直しを担う。妻は照埜（てるの）。

金兵衛（きんべえ）
江戸・深川で磐音が暮らす長屋の大家。

おこん
金兵衛の娘。今津屋に奥向きの女中として奉公している。

幸吉（こうきち）
深川・唐傘（からかさ）長屋の叩き大工磯次（いそじ）の長男。鰻屋「宮戸川」に奉公。

今津屋吉右衛門（いまづやきちえもん）
両国西広小路に両替商を構える商人。内儀のお艶（えん）とは死別。

由蔵（よしぞう）
今津屋の老分番頭。

織田桜子　因幡鳥取藩の大寄合・織田宇多右衛門の娘。

佐々木玲圓　神保小路に直心影流の剣術道場・佐々木道場を構える磐音の師。

速水左近　将軍近侍の御側衆。佐々木玲圓の剣友。

本多鐘四郎　佐々木道場の住み込み師範。磐音の兄弟子。

松平辰平　佐々木道場の住み込み門弟。父は旗本・松平喜内。

重富利次郎　佐々木道場の住み込み門弟。土佐高知藩山内家の家臣。

品川柳次郎　北割下水の拝領屋敷に住む貧乏御家人の次男坊。母は幾代。

竹村武左衛門　南割下水吉岡町の長屋に住む浪人。妻・勢津と四人の子持ち。

笹塚孫一　南町奉行所の年番方与力。

木下一郎太　南町奉行所の定廻り同心。

竹蔵　そば屋「地蔵蕎麦」を営む一方、南町奉行所の十手を預かる。

桂川甫周国瑞　幕府御典医。将軍の脈を診る桂川家の四代目。

中川淳庵　若狭小浜藩の蘭医。医学書『ターヘル・アナトミア』を翻訳。

『居眠り磐音』江戸地図

新吉原
寛永寺
山谷堀
待乳山聖天社
向島
上野
浅草
浅草寺
不忍池
下谷広小路
吾妻橋
業平橋
品川家
十間川
北割下水
本所
天神橋
今津屋
法恩寺橋
新シ橋
竹村家
南割下水
柳原土手
両国橋
横川
金的銀的
長崎屋
薬研堀
竪川
大川
鰻処宮戸川
若狭屋
六間堀
猿子橋
御河岸
小名木川
日本橋
新大橋
鎧ノ渡し
深川
金兵衛長屋
霊岸島
八丁堀
永代橋
仙台堀
永代寺
富岡八幡宮
佃島
越中島

護国寺
小石川
本郷
牛込
豊後関前藩
上屋敷
湯島天神
神田川
神田明神
表猿楽町
佐々木道場
駿河台
昌平橋
筋違橋御門
神保小路
市谷八幡宮
市谷御門
内藤新宿
四谷
四谷御門
麹町
江戸城
平川天満宮
馬場先御門
鍛冶橋御門
南町奉行所
数寄屋橋御門
溜池
原宿
愛宕権現
増上寺
芝
渋谷
麻布広尾町

探梅ノ家

居眠り磐音（十二）決定版

第一章　吉祥天の親方

一

燗徳利に生けられた水仙が、底冷えのする長屋に凛とした香気を放っていた。

師走に入り、急に寒気が増した。

水仙は宮戸川の女将のおさよが、

「坂崎様、頂き物ですが、水仙をお持ちになりませんか」

とくれたものだ。だが、長屋に戻っても一輪挿しや花器など気の利いたものがあるわけもない。そこで思いついたのが燗徳利だ。

「慎之輔、琴平、舞どの、一人暮らしの長屋だ。花器は見ぬ振りをしてくれ」

と三人の友の霊前に供えた。もっともこちらも、鰹節屋から貰ってきた木箱を仏壇代わりに、白木に磐音自身が友の名を書いただけの位牌を置いてある。

白と黄と緑の水仙の色合いが、香りとともに季節を感じさせた。

金兵衛長屋ではあちこちから咳が聞こえてくる。陽気が急に変わり、風邪を引いた者が大勢いた。

磐音は手炙りに手を翳した。炭のほの赤く燃える真上が暖かいだけで、部屋じゅうが凍りついたようであった。

悴む両手を擦り合わせ、封をした書状の宛名をなんとか書き終えた。

豊後関前藩の国家老を務める父、坂崎正睦に宛てて年の暮れの挨拶と近況を報じる内容であった。

「これでよし」

磐音が筆を擱き、肩からずり落ちるどてらの襟を摑んだとき、

「旦那、魚屋が来てるがどうするね」

と水飴売りの五作の女房おたねの声がした。

「今、参る」

部屋の中に夕暮れの気配があった。

刻限は八つ半（午後三時）過ぎだろう。朝からどんよりとした空模様で、今に

も白いものが落ちてきそうな気配だった。

腰高障子戸を開くと、溝板からすうっと寒気が磬音の五体に纏わりついてきた。

「ううっ、寒いな」

「旦那、魚屋が旬を過ぎた売れ残りの秋刀魚を持ってきやがった。うちで店仕舞いにしたいそうだ。乗るかい」

おたねをはじめ、長屋の女たちが魚屋の板台の周りに群がっていた。

「おたねさん、言うに事欠いて旬の過ぎた売れ残りはねえだろう。古魚を売り歩いてるようじゃねえか」

「おや、銀公、内緒話を聞いちまったかい」

「内緒話もなにもねえだろうよ。鼻っ先で破れ鐘のような大声だ。嫌でも聞こえちまわあ」

「言ってくれるじゃないか、銀の字。憚りながら金兵衛長屋のたねは、鈴を転がすような妙なる声の持ち主なんだ。だれが破れ鐘だよ。それにさ、秋刀魚なんて魚は、数年前までは見向きもされなかった下魚だよ。そいつを金兵衛長屋に運び込んでひと商売しようなんて甘いよ」

「おたねさん、分かった分かった。全部買ってくんな、元値で売るよ」

「全部って何匹だい」

棒手振りの銀平が数え出した。

確かに明和（一七六四〜七二）の頃まで江戸では見向きもされなかった魚だった。

『梅翁随筆』にはこうある。

〈あま塩のさんまといふ魚、明和の頃迄は沢山にうらず。喰ふものも多からず。しかるに安永改元のころ、安くて長きはさんまなりと壁書せしが、其頃より大に流行出して、下下の好みてくらふ事と成たり……〉

「二十と五匹あるぜ」

「うちの長屋はどてらの大家を入れても十二人だ。一人頭二匹か。銀公、元値でいくらだい」

「九十九里で獲れたてのあま塩だ。運び賃だってよ、馬鹿にならねえ」

「能書きはなしだ、値を言いな」

「おたねさん、一匹四文、都合百文でどうだ」

「馬鹿言っちゃいけないよ。うちがおまえさんの店仕舞いをしてやろうって話だ。一匹三文、七十五文以上は出せないよ」

「元値を割って大損だが、持ってけ」

「みんな、笊(ざる)か皿を持っておいでな」

おたねの采配(さいはい)に女たちが散り、銀平と磐音が残った。

「お侍は独り者だったな。二匹で十分だな」

「大きな秋刀魚ゆえ二匹は食べでがあるな」

「そう言わず二匹買ってくんな。またおたねさんになんぞ言われて値引きさせられちまわあ」

「それは気の毒じゃな」

磐音は懐(ふところ)から十文出すと、

「これは払いとは別口だ」

「なにっ、旦那が値引き賃を払ってくれるってか、有難え。ほんとに元値を割ってるんだからさ」

銀平は磐音の差し出した十文を急いで受け取り、

「かたじけない」

と腹掛けに放り込んだ。そこへどてらの金兵衛が、異名どおりのどてらを着て現れた。

「うちの長屋の夕餉の菜はどこも秋刀魚かね」

「大家さん、不満があるんなら、表通りの魚屋で鯛でもなんでも誂えてもらってくんな」

「銀平、鯛の旨さも知らぬ大家ではありませんがな、焼き立ての下魚に勝るものはなし。塩加減のきいた秋刀魚の焼き立てに大根おろし、たまらないねえ。おまえさんの持ってきた魚はどうかな、古くはないか」

「金兵衛長屋は、大家から店子まで根が素直じゃねえや。この秋刀魚のどこが悪いてんだよ」

銀平は、女たちが銘々持ってきた笊や皿に秋刀魚を載せていった。おたねは早手回しに七輪を井戸端に持ち出し、

「旦那の分もうちで焼くよ」

「お願いいたす」

おたねが一括して七十五文を支払い、銀平は空の板台を天秤棒の先に下げて早々に長屋を出ていった。

「おたねさん、うちは三人で六匹だがいくらだい」

「一匹が三文だからさ、ええと、いくらかね。大家さん」

「おまえさんはそんなことも分からないのかい、子供に笑われるよ。三六十八で十八文だ」

「おしまさん、十八文だと」

左官の常次の女房おしまが十八文払い、付け木売りのおくま婆さんが、

「わたしゃ、一匹で十分だ」

と言い出し、

「だって一人頭二匹で買ったんだよ。それを今さら一匹と言われてもさ」

などとひと騒ぎがあった後、女たちが井戸端に七輪をいくつか持ち出し、買った秋刀魚をすべて焼くことになった。またおたねが音頭をとって、

「大根おろしを作るよ。だれかおろし金を持っておいでな」

と秋刀魚を焼く係りと大根をおろす組に別れて、えらい騒ぎになった。

深川六間堀裏の金兵衛長屋から秋刀魚を焼くもうもうたる煙が暮色の空に立ち昇り、近所の長屋から、

「金兵衛長屋から火が出たよ」

などという声まで上がった。

「秋刀魚を焼いているだけですよ、お隣長屋の人」

「なんだえ、どてら長屋の住人は秋刀魚好きかえ」

「そうじゃないよ。安かったからこうなっただけだよ」

「あらまあ、うちとはだいぶ違うね」

「おや、そちらはなんだえ」

「鯛のお造りにさざえの壺焼きに丹波の黒豆だよ」

「嘘こきやがれ」

「だといいなと言っただけだよ、おたねさん」

「からかわれちまったよ」

わいわい騒いでいるところに、木戸口にお店奉公と思える小僧が立ち、溝板を覆う煙越しに井戸端の様子を見て、

「こちらは金兵衛様の長屋ですか」

と声を張り上げた。

振り向いた磐音の目に顔見知りの小僧の姿が映った。

「おや、今津屋の宮松どのではないか」

「あっ、坂崎様だ」

と叫び返す宮松に、

「こちらが、おこんさんの親父どのが差配なさる金兵衛長屋じゃ。金兵衛どのならここにおられるぞ」

「坂崎様に御用ですよ」

「なにっ、それがしに」

磐音は煙を掻き分けて木戸口に向かった。

「老分さんから、お暇ならばご足労願いたいとの言伝です」

「御用か、それはご苦労であったな」

磐音はちらりと井戸端を振り返り、秋刀魚焼きの競演の場を見て、

「ちと残念じゃが致し方ないな」

と呟くと、

「それがしの二匹、どなたか食してくれぬか。それがしはこれから仕事に参る」

「焼き立ての秋刀魚を食い逃すとは旦那も運がないね」

とおたねに気の毒がられた磐音は、

「宮松どの、しばらく待ってくれ。今、用意するでな」

長屋に入ると部屋じゅうに秋刀魚の臭いが漂っていた。

「ちと魚臭いが致し方あるまい」

磐音は綿入れに染みた臭いをぱたぱたと手で叩(たた)いて振り払おうとした。が、効果があったかどうかは定かでなかった。とにかく古袴(ばかま)を身につけ、備前包平(びぜんかねひら)二尺七寸（八十二センチ）と無銘の脇差(わきざし)一尺七寸三分（五十三センチ）を差し落とすと菅笠(すげがさ)を手にした。

　雪に降られてもと用心したのだ。

「慎之輔、琴平、舞どの、行って参る」

　と水仙の飾られた位牌に言葉を投げると敷居を跨(また)いだ。

「旦那、秋刀魚は取っておくからさ」

「おたねどの、温かいうちが美味(うま)かろう。亭主どのに食べていただけぬか」

「そうかい」

　という言葉に送られて、木戸口で待つ宮松のところに行った。

「なんだか賑(にぎ)やかな長屋ですね」

「深川界隈(かいわい)ではこれで大人しいほうかもしれぬな。金兵衛長屋には酒を飲んで暴れたりする男や女は住んでおらぬでな」

　六間堀に出た二人は竪(たて)川へと向かった。

「老分どのの御用とはなんであろうかな」

「小僧の私に分かるわけありませんよ」

宮松は深川の風物が面白いらしく、あちらこちらを覗(のぞ)いたり、走り寄ったりしているうちに竪川に出た。往来する猪牙舟(ちょき)や荷足舟(にたり)が急に増えてきた。船頭たちは首に手拭い(てぬぐ)を巻き、頬被り(ほおかむ)の者が多かった。水上はそれだけ寒いようだ。

一ッ目之橋を渡り、両国東広小路に出たとき、宮松が、

「坂崎様、とうとう降ってきましたよ」

とひらひらと舞い落ちてきた雪に片手を差し伸べた。

「そのようだな」

夕暮れ模様の盛り場の上に、鈍色(にびいろ)の空から湧(わ)き出たように雪が降り始め、行き交う女たちが、

「寒いはずだわ、白いものが落ちてきたもの」

「早く帰らないと積もるかもしれないわ」

と言い交わして足を早めた。

「初雪じゃな」

「雪って、見るのはいいけど後片付けが大変なんですよ」

店の前を朝晩掃除するのも仕事のうちの宮松が嘆いた。

「そう積もるとも思えぬがな」

二人は北風が吹き抜ける両国橋を足早に渡り、両国西広小路へと出た。

露店では慌てて軒に吊るした品物を屋根の下へと運び込んだり、中には客足が雪で遠のくとみたか店仕舞いするところもあった。

そんな雪の盛り場を抜けると、米沢町の角に分銅看板を掲げる、両替商六百軒の筆頭、両替屋行司の今津屋があった。こちらはいつもと変わらぬ客の出入りで店は忙しそうだ。

「老分さん、坂崎様をお連れしました」

と宮松が御用を果たしたことを、帳場格子の中から大勢の奉公人や客の動きに目を配る老分番頭に復命した。

「宮松、ご苦労でした」

と小僧を労った由蔵が、

「坂崎様、お呼び立てして恐縮にございますな。後ほど麴町まで御用で伺います。その折り、同道していただこうと思いまして宮松を呼びに行かせました。ご都合はいかがですか」

「承知しました」

「ならば一刻（二時間）ほどおこんさんの城でお待ち願えますか」

頷いた磐音は店の隅から奥へと細く伸びる土間を通り、女衆の戦場の台所に行った。するとおこんが広い板の間に立ち、

「あら、来たの」

と言った。そして、磐音の肩に残っていた雪を見て、

「降ってきたようね」

「両国橋を舞う雪には風情がござった」

磐音の手にある菅笠にも雪片が残っていた。

その菅笠を受け取ろうと手を伸ばしたおこんが、くんくんとかたちのよい鼻を動かした。

「おや、臭うかな」

「鰻の臭いじゃないわねえ」

磐音は朝の間、六間堀の鰻屋宮戸川で鰻割きの仕事をしていた。おこんはそのことを言ったのだ。

「さよう」

と磐音は金兵衛長屋での出来事を告げた。

「おやまあ、長屋じゅうが秋刀魚を焼いているの」

「二十五匹も焼くゆえ、長屋じゅうがもうもうたる煙と臭いでな。それが着衣にも髷にも染みたのであろう」

「それじゃあ、旦那様のところにご挨拶とも言えないわね」

おこんは着替えのほか手拭いと糠袋に湯銭まで手早く用意すると、

「老分さんの御用までには時間があるわ。湯屋に行って臭いを落としていらっしゃいな。臭いの染みた綿入れは明日にも陽に干しておくから」

「自分ではさほどとは思わなかったが臭うか」

磐音は包平を抜くと脇差だけの格好で今津屋の裏口から路地に出て、横山町の湯屋加賀大湯に行った。

仕事を終えた職人たちが仕舞い風呂に入りに来ていた。

磐音は洗い場で糠袋を使い、体に染みた秋刀魚の臭いを消すように丁寧に洗った。その耳に石榴口の向こうから話し声が聞こえてきた。

「寒い寒いと思ったらよ、雪だぜ」

「明日まで残らないといいがねえ」

「おれっち、外仕事だ。雨も雪も鬼門だからな。三日も続くと米櫃が空になっちまって、お手上げだぜ」

「師走のうちの雪だ。積もることはあるまいよ」

磐音が石榴口を潜ると二人の職人風の男が気持ちよさそうに湯船に浸かっていた。

「相風呂を願おう」

「お侍、寒いね」

「こういうときは湯がなによりじゃな」

「全くだ」

と相槌を打った職人が相棒に、

「寒さのせいで火付けが流行りだしたというじゃねえか」

「内藤新宿の一件だな。火付けをしておいて、その騒ぎの最中、質屋だかに押し込みに入り、二百両だか三百両を強奪していったそうだな」

「おう、その手並みがなんとも鮮やかだと。真っ黒な頭巾をすっぽり被り、目だけぎょろぎょろ光っていてな、そいつらが無言のうちに質屋の主夫婦と奉公人の五人をよ、縛り上げ、小判を掻っ攫っていったんだと」

「その前には板橋宿で飛脚屋がやられたというじゃねえか。押し込みにしては小気味のいい仕事ぶりだぜ」

「黒頭巾め、御府内に来なければいいがな」

そんな心配をしていた二人の職人たちは、

「お侍、お先に」

と湯船から上がった。

磐音は薄暗い行灯の灯りに点し出された湯船に手足を伸ばして体を浸した。すると湯船の隅にひっそりと白髪頭の老人が入っているのが見えた。先ほどまで二人の職人の陰で見えなかったのだ。

「外は雪でも湯は極楽でござるな」

磐音が声をかけると、

「全くでございますねえ」

と答えた老人が湯から上がった。白髪の髷に不釣り合いなほど筋肉の張った体がぼんやりと浮かび、

「お先に失礼しますよ、お侍さん」

「雪道ゆえ、足元に気をつけて帰られよ」

磐音は引き締まった体の背に見事な彫り物があるのを目に留めた。絵柄は吉

祥天だ。それがすいっと石榴口の向こうに消えた。

二

船宿川清から猪牙舟に乗り込んだ由蔵はひざ掛けを体に巻いて、傘を差していた。

「老分さん、屋根船が出払っていて申し訳ねえな」

船頭の小吉がそのことを詫びた。

「急に思い付いたことですよ。雪見舟と思えば風流です」

磐音は菅笠を被り、蓑をつけていた。

雪はちらちらと舞い落ちる感じでひどく吹雪いているわけではない。それでも足を取られる雪道よりはと由蔵が舟を選んだのだ。

六つ半（午後七時）の刻限、神田川の両岸のお店はまだ表戸が開かれ、往来する人も多かった。

小吉の漕ぐ猪牙舟は浅草橋から新シ橋へとゆったりと上がっていった。水上から両岸の家並みが消えて、薄く雪の積もった土手になった。寒くはあったがいつもの風景とは異なり、新鮮な気分で風流といえなくもない。

「老分どの、麴町の御用はなにか厄介なことでも」

磐音がいつもの長閑な口調で訊いた。

「いや、そうではございませんが、坂崎様、ちょいとお話がございます。近くにお寄りくださいな」

磐音は舳先から由蔵の側へと席を移った。

昌平坂から夜鳴き蕎麦屋の売り声が響いてきた。

「訪ねる先は志摩鳥羽藩三万石、稲垣様の中屋敷でな、昨年、お姫様がお輿入れになったとき、用立てた金子を受け取りに行くだけの話です。番頭か手代でも用事が済む話です」

と断った由蔵は、

「坂崎様、師走になってちと押し詰まりましたが、私と一緒に鎌倉まで旅をしてもらえませんか」

「いつ出立いたしますか」

磐音は即座に答えていた。

「もしよろしければ数日内に」

「ならば明日にも宮戸川の親方にお断りしておきます」

と答えた磐音は、

「大金を持参したり、あるいは持ち帰る仕事にございますか」

と用心棒ならばその仕度がいると思い、訊いた。

「いえ、そのようなものではございません。旦那様の代参で鎌倉の建長寺に参り、亡くなられたお艶様の法要をと思い立ち、旦那様のお許しを得たのでございます。建長寺とうちは先々代が昵懇にしていただいて以来、何年かに一度はお参りを欠かしたことがございません」

鎌倉五山の一つ建長寺は禅宗の古刹だ。

「師走の鎌倉詣でもよいものですよ」

「承知しました」

そのときはそれで話が終わった。

神田川は船河原橋、通称どんどんで大きく北へと方向を転じる。

小吉の猪牙舟は神田川と別れて直進し、江戸城の外堀へと入っていった。

訪問先の鳥羽藩邸は牛込御門、市谷御門と過ぎ、次の四谷御門との中ほど、西側にあった。

由蔵と磐音は市谷御門で舟を降りた。

磐音は、享保十年（一七二五）より下野烏山から稲垣昭賢が入封して領知した鳥羽藩江戸中屋敷の供部屋で、半刻（一時間）ほど由蔵の用談が済むのを待ち、雪が激しくなった降りの中、小吉の猪牙舟に戻った。

小吉は市谷御門の橋下に舟を避けて、雪が積もらないようにしていてくれた。そのせいで二人は乾いた猪牙舟に乗り込み、

「老分さん、帰りは急ぎで構わないかい」

「少々舟が揺れても早くお店に戻りたい気分ですよ」

「あいよ」

小吉が雪の流れへと猪牙舟を乗り入れ、ぐいっと腰を入れて櫓を操り始めた。するとと細身の船体がぐいぐいと下流へと突き進んでいった。

二人が今津屋に戻り着いたのは五つ半（午後九時）前の刻限であった。

「お帰りなさい」

と迎えたのは、おこんと支配人の林蔵と和七だ。

「雪の中、ご苦労さまにございました」

店に入り、由蔵が返金された金子を二人の支配人に渡した。

「夕餉が遅くなったわねえ、台所に用意してあるわ」

おこんが磐音を台所に誘った。さすがに他の奉公人の夕餉は済み、女衆たちの後片付けも朝餉の仕度も終わっていた。若い勝手女中が一人だけ洗い物を片付けていた。

火鉢に薬缶がしゅんしゅんと沸くかたわらに、二つだけ布巾がかかった膳が残っていた。

「今、燗をつけるわ」

おこんが手際よく燗徳利を薬缶に入れて、燗をつける間に、

「ふーう、なんとも寒うございましたな」

と言いながら由蔵が台所に姿を見せた。

おこんが膳の上の布巾を取った。

磐音の目はついそちらにいった。

鰤の照焼に里芋、椎茸、人参などの煮物、切干大根などが並んでいた。大勢の奉公人と同じ料理ではない。おこんが由蔵と磐音のために用意した夕餉の菜だ。

「美味しそうでござるな」

「秋刀魚が寒鰤に変わったわね。待ってて」

とおこんが笑った。

「おせきちゃん、もう上がってちょうだい」

と勝手女中に声をかけたおこんが水屋の戸棚から皿を運んできた。

「鯛のお造りがあるわ」

奥に用意された一品だろう。夜の雪の中、御用を務めた由蔵と磐音を労うためか。

「燗もついた頃合いね」

おこんが燗徳利の口を布巾でくるんで持ち上げ、

「老分さん、さあ、お一つ」

「おこんさんに酌をさせて申し訳ないな」

と言いながらも由蔵が顔を綻(ほころ)ばせ、ついでに磐音も注(つ)いでもらった。

「いただきます」

「頂戴いたす」

と熱燗を口に含んで、二人は思わずにんまりと顔を見合わせた。

「極楽とはこのことです」

「いや、雪見舟は風流とは申しますが、体の芯(しん)から冷え切って骨ががたがた鳴っておりました。やはり火の端でこれが一番」

由蔵も磐音も酒が嫌いではない、それだけに顔に締まりがなくなっていた。

「老分さん、坂崎さんにお願いなさったんですか」

薬缶を下ろしたおこんが、二人分の潮汁を入れた小鍋をかけながら訊いた。

「おおっ、すっかり忘れるところでした。坂崎様がご承知なされたので相州鎌倉まで二人旅をして参ります」

今津屋の奥を取り仕切るおこんは当然承知していた。

「いつ行かれます」

おこんが由蔵と磐音の顔を見た。

「それがしは宮戸川の親方の許しを得ればよいだけにござる。明日の昼発ちと命じられても、なんの差し支えもござらぬ」

「今津屋の老分さんが数日不在になる話だもの、明日というわけにもいかないわ。まあ、この雪の具合も考えて、早くて明々後日の七つ（午前四時）発ちかしら」

おこんが言い、由蔵がそんなところですかなと応じた。

「ともかく今晩はうちに泊まっていらっしゃい。雪の中を両国橋を渡るのは馬鹿げているわ」

「有難い」

　磐音はつい本音を洩らした。

「となれば、しんしんと降る雪を愛でながら酒を酌み交わしましょうかな」

　二人はゆったりと酒を酌み交わした。

「お艶様が亡くなられて早一年四月が過ぎました」

「中川淳庵どのを案内してそれがしが伊勢原子安村に出立しようとしたのは、送り火の夜のことでした」

「そうそう、その夜のことでした、お内儀様の訃報が届いたのは」

　三人はお艶の死の前後の哀しみを思い出していた。

「来年は三回忌です。なんとしてもそれまでには……」

　と由蔵の言葉が途中で切れたが、磐音もおこんもその先を承知していた。

　江戸の両替商六百軒を司る両替屋行司今津屋の当主吉右衛門には内儀が不在なばかりか、跡取りがいなかったのだ。

　店と奥を仕切る由蔵とおこんには看過できない事態であった。無論、今津屋の親戚筋、知り合いなどがなにかにつけてやいのやいのと言ってきたが、当の吉右衛門が、

「まだ後添いなど早うございます。せめて三回忌まではお艶の菩提を弔います」

と頑として聞き入れようとはしなかった。

目下の二人の悩みがこのことだった。

お艶の死に関わった三人はついしんみりとして杯を膳に置き、温め直してもらった潮汁と数々の菜でご飯をいただくことになった。こうなれば磐音はさらに無口になり、お造りやら鰤の照焼で黙々と至福のときを過ごした。

ふと我に返ると二人が磐音の顔を覗き込み、

「これでは屋敷奉公の武家は務まらないわね」

「坂崎様のこのお顔を見ていると世の中の悩みが消えますよ」

と言い交わしていた。

磐音はおこんが階段下の小部屋に敷いてくれた布団に入り、

「これは極楽」

と呟いた。足元に湯たんぽまで入れられていたのだ。

「お休みなさい」

と布団の裾をぽんぽんと叩いて直したおこんが自分の部屋に去り、磐音は幸せな気分で眠りに就いた。

どれほど眠ったか、磐音は半鐘が鳴る音に、
がばっ
と布団から身を起こした。

半鐘の音は近かった。すぐにいくつかの音が重なった。

磐音は身仕度を整え、店に出ると、若手の番頭の久七、新三郎らが表戸を開けて火元を確かめようとしていた。

「久七どの、お待ちくだされ。このところ火付けに乗じて店に押し込むという黒頭巾の一味が暗躍していると小耳に挟みました。それがしがまず覗きます」

と潜り戸の閂を外そうとした番頭のかたわらに立った。

「よろしゅうござる」

相場役の久七が開き、磐音が顔を出して表を確かめた。怪しげな人影はなかった。その代わり、米沢町の辻に、火事の方向を見定めようとするお店の奉公人たちが寝巻き姿で立っていた。

「二丁町界隈かね」

「元吉原近辺だねえ」

と言い交わす言葉を久七らに伝え、潜り戸を出た。すると久七らも表に出て、

「うあっ、寒う」

と首を竦めた。

相変わらず雪が舞い、広小路を二寸ばかりの雪が覆っていた。

久七らが火元を確かめるべく両国橋の方向へ走った。

磐音もあとに続いた。すると南の夜空を赤く焦がして燃えていた。

「坂崎様、やはり芝居町の辺りですね」

と久七が言い、磐音が、

「風向きは反対ゆえ、まずこちらに広がることはあるまいが」

と言うのを聞いた帳合方の和吉が店に知らせに戻った。

西広小路を町火消しの連中が火事場へと走っていく。広小路にはなんとなくのんびりとした気分が漂った。風具合が逆であり、雪も降っていた。まずこちらに被害がないとなると、

「対岸の火事」

と見物気分だ。

磐音は今津屋に戻った。すると老分番頭の由蔵らが火事仕度で顔を揃えていた。

「風向きから申してこちらに燃え広がることはまずありますまい。それよりは黒頭巾の押し込みが気になります」

「火事がこちらにこないとなればまずは一安心、何人か不寝番を残して休みましょうかな。明日のこともあります」

と由蔵が言い、磐音が、

「それがしが火元付近を確かめて参ります。こちらに万が一広がるようならば急ぎ知らせます。戸締りをお願いします」

と言うと磐音は菅笠と蓑を身に纏い、再び外へ出た。

西広小路を薬研堀へ抜けると大川から冷たい風が吹きつけてきた。

その南西部には旗本屋敷が広がっていたが、門前で門番たちが火元を見詰めていた。

屋敷町を抜けた磐音は横山同朋町から橘町を走って、入堀を栄橋で渡った。すると古着商が軒を連ねる富沢町の店の前では、火元に近付いただけに蔵に目張りをしたり、荷を船に乗せたりしている店もあった。

それに火消しと野次馬が大勢になり、

「玄治店から新和泉町」——
が火事の現場ということが分かった。だが、なんとなく火の勢いは先ほどより
は衰えていると思えた。
となると気になるのは押し込みだけだ。
磐音は人込みを分けて、大門通へと出た。
明暦の大火の後に、市中にあった官許の遊里は浅草田圃に移り、難波町や高砂
町などは元吉原と呼ばれ、大門通の名もその名残をとどめて残っていた。
高砂町からさらに火事場へ近付こうとした磐音は、大頭にちょこんと陣笠を載
せ、火の粉を防ぐ刺し子を首に垂らした五尺そこその体の与力が胸を反らして、
辺りを睥睨しているのに気付いた。周りに刺し子装束の若い同心や六尺棒を立て
た小者を従えた姿は、南町奉行所の知恵者、年番方与力笹塚孫一その人だ。
「笹塚様」
磐音が声をかけると振り向き、
「そなたか」
「火事はいかがにございますか」
「なんとか食い止められそうだ」

「付け火ではございますまいな」

「そうとの情報もある」

「黒頭巾の押し込み一味が四宿で暗躍していると聞きました」

「われらもそのことを気にかけて出張って参ったのだ。今、火元周辺を見廻りに歩かせておる。今のところその報告はない」

笹塚が指揮杖を持った手で磬音を差し招いた。

菅笠に蓑の磬音と火事場装束も凜々しい笹塚が並ぶと、頭一つ以上も差があった。

「近頃、とんとよき話を持って参らぬではないか」

笹塚は金になる騒動、騒ぎはないかと遠まわしに催促した。

安永の御世、幕府のどの役所も予算が削減されて、江戸の治安と経済活動を監督指導する江戸町奉行所も探索費に事欠く有様だった。だが、探索費が不足したゆえ罪人を取り逃がしました、犯罪を未然に防げませんでしたという言い訳が通るはずもない。

南町の切れ者与力は騒動で押収した金子の一部を探索費に繰り入れ、なんとか凌いでいた。無論その金子は不正に蓄財されたり、持ち主が分からぬ金子である。

磐音と笹塚はこれまで多くの騒動に関わり、南町奉行所の探索費調達に貢献してきていた。

「そのように催促されても、それがし、南町の雇われ人ではございませぬ」

「今さら冷たきことを申すでない。そなたが持ち込む騒ぎはとりわけ筋がよいでな、期待しておるところだ」

「はあっ」

磐音は曖昧に返事をした。

「もそっと力を入れて耳目を働かせよ。南町の探索費は来月にも枯渇いたすぞ。そうなれば江戸八百八町にたちまち黒頭巾のような連中が跋扈することになる、それでよいのか」

笹塚孫一は脅すように磐音に言った。

「今津屋辺りにおもしろい種が転がっているとよいのだがな」

「ただ今も今津屋からこちらに参ったところですが、笹塚様が関心を引かれるような話は聞きませんでした」

「ないか」

と笹塚は嘆息した。

「師走じゃぞ」

「それは承知しておりますが」

磐音も困惑の体で返事をした。

火事場からどこぞのお店を破壊したような物音が聞こえ、夜空に一陣の火の粉が上がって、火の勢いがまた弱くなったようだ。

おおっ

というどよめきがして、

「火事はなんとか収まりそうじゃ」

と笹塚が言ったとき、野次馬を分けて一人の同心が飛び出してきた。

南町定廻り同心木下一郎太だ。

「笹塚様、元大坂町の衣装屋に押し込みにございます」

一郎太の緊張した声が異変発生を告げた。

三

笹塚孫一を先頭に、木下一郎太の案内で凶行の現場に駆けつけた。行きがかり上、その一行に磐音も加わっていた。

元大坂町は葺屋町、堺町の芝居町の二筋南東に寄った通りだ。

衣装屋は一般の人を相手に呉服を売るには売ったが、主な顧客は芝居町の三座に出る役者衆だ。彼らの普段使いの召し物から舞台衣装まで仕立てることで通っていた。

一日千両を稼ぐ町、二丁町の役者衆を相手の商売だけに、一枚一枚の値が張った。だが、大勢の客を番頭、手代が相手する呉服屋とは異なり、店の間口もせいぜい五間だ。

だが、

「衣装屋の内所はなかなか豊か」

と芝居町では隠れた分限者として知られていた。

凶行のあった場所と火付けの場所はだいぶ離れていたが、すでに火事見物の野次馬が様子を聞きつけて店の前に群がり、衣装屋の内部を覗き込もうとしていた。

磐音はその野次馬の中に、湯屋で会った吉祥天の彫り物を背負った初老の男を見た。粋に唐桟縞を着流した格好で帯に革の煙草入れを差しているのが見えた。

（芝居者か）

と磐音がふと思ったとき、

「笹塚様」

と声がかかった。

一行を迎えたのは、中年の風烈廻り同心の西郷政五郎だ。

風烈廻りは昼夜廻りとも呼ばれ、凶盗の跋扈や火災を未然に防ぐために昼夜にわたり活動する町方で、三廻りの中でも花形の、定廻り同心に対抗心を持つ者が多かった。

与力二騎の下に四人の同心がいたが、西郷もその一人だ。

無論、南町の筆頭与力笹塚孫一の配下でもある。

「衣装屋の金蔵が破られたばかりか、主の香兵衛夫婦、娘と倅、住み込みの手代と小僧の二人、都合七人全員が惨殺されてございます」

と西郷が昂った声で報告した。

「おのれ」

指揮杖で自らの太股辺りを、
ぴしゃり
と叩いた笹塚が衣装屋の内部に入り込んだ。菅笠と蓑を取った磐音が続こうと

すると、

「おぬしは」

と西郷が立ち塞がった。

「西郷様、この方はよろしいので」

と一郎太が言うのを、

「南町に関わりなき者を現場に立ち入らせるというか、木下」

と激しく反発した。

「西郷、よいのだ。わしの知り合いだ」

と笹塚が後ろを振り返り、西郷が仕方なしに身をどけた。

磬音がするりと衣装屋に身を入れた。すると足元から血の臭いがしてきた。小者が提灯の灯りを差し入れ、土間に手代が首筋を掻き切られて倒れていた。非情にも迷いなき一撃で絶命したことは確かだ。

店にはもう一人小僧が倒れていた。歳は十三、四歳か。顔に恐怖を残している。さらに階段上へと逃げようとした小僧の背中を追い縋って刺し貫いたか、階段の途中に蹲るように斃れていた。

衣装屋の間口は狭いが奥行きが深い造りで、狭い庭を挟んで主一家の居室が三部屋あった。

寝所で女房のお豊、十二歳の娘のお柳、それに十歳の春太郎が刺し殺され、主の香兵衛は違い棚に組み込まれた隠し金蔵の、開け放たれた扉の前に斃れていた。

香兵衛を脅して隠し金蔵の扉を開けさせ、その直後に殺したことは明白だった。

「西郷、身内、奉公人はこれですべてか」

「はい」

と答えた西郷が、

「衣装屋は仕事をこの界隈に住む職人に頼んでおりまして、通いの職人は、親方とか助親方と呼ばれる老練な職人三人だけです。あとは通いの番頭の公蔵がおりまして、こぢんまりした所帯にございます。公蔵は岩本町に住んでいるというので迎えにやらせております。おっつけ参ると思います」

と報告した。

「金蔵には入ったか」

「身を入れて覗きましたが、内部は一畳ほどの板張りで小銭が散乱しているばかり、小判の類はございません」

と笹塚に答えた西郷が懐から、

「その代わりこれが」

と黒い布を出した。長四角に縫われた袋状の目に当たる部分が刳り貫かれ、後頭部に朱色で、

「黒頭巾参上」

とあった。

「くそったれめが」

と笹塚が南町の与力同心を率いる年番方与力とも思えぬ汚い言葉を吐き捨てた。

「笹塚様、板橋宿、内藤新宿と暗躍してきた黒頭巾が、いよいよ御府内に乗り込んできたのでしょうか」

一郎太が訊いた。それに答えたのは西郷だ。

「こうして自慢げに手がかりを残しておるのだ、黒頭巾と見て間違いあるまいが」

笹塚はそれには答えず、

「西郷、木下、今一度こやつらの犯行を丹念に調べ直せ」

と命じた。

磐音は同心らの探索をよそに衣装屋の内部を歩いて廻った。奉公人の三人は店

の二階に布団を並べて寝ていた様子が窺えた。

磐音は、こぢんまりした所帯と西郷が言った衣装屋の一家と奉公人の構成に、不審を抱いていた。

殺された女房のお豊は水仕事をする手をしていなかった。となると炊事洗濯をこなす女中がいなければならなかった。あるいは女中は通いなのか。

台所に行ってみた。そこは店と奥を繋ぐほぼ真ん中に位置し、脇の路地へと抜ける裏戸があった。だが、そこにはしっかりと閂が下りていた。

衣装屋はお店部分が二階屋で奥は平屋だ。

磐音は一旦店に戻り、点されていた行灯を持って再び台所に戻った。灯りを、板の間と土間からなる十坪ほどの台所を移動させていった。すると梁の間に梯子階段が引き上げられているのが見えた。

台所の上、店側に接したところに中二階部屋があるように思えた。梯子階段を引き下ろすには踏み台か、鉤の手が要った。

磐音は裏戸の脇にあった心張棒を手にすると梯子階段の端に引っかけた。

ぎいっ
と梯子階段が軋んで降りてきた。

「たれぞおるか、南町が入っておる。奉公人ならば安心いたせ」

と言いながら、磐音は行灯と心張棒を両手に持ち、梯子階段を上がった。

磐音はすでに中二階に潜む者の息遣いを感じていた。灯りが中二階に届くと、天井の低い板の間の奥で夜具に包まって震える者がいた。

「安心いたせ、南町奉行所の関わりの者である」

長閑に聞こえる磐音の呼びかけに夜具が動いて、黒く陽に焼けた顔が上目遣いに見た。十五、六歳の女だ。

「そなたはこの家の奉公人か」

恐怖に塗れた瞼があちらこちらと動き、頷いた。

「そなた、この家に奉公に上がったばかりじゃな。名はなんと申す」

再び頷いた女が、

「おはま」

と答えた。

「おはまどのか。そなたには酷い問いじゃが、なんぞ見たか、聞いたか」

おはまの顔が恐怖に歪み、それでも必死に耐える表情を見せた後、

「吉祥天の親方」

と呟いた。

「なにっ、賊の名か」

おはまが首を振った。

「吉祥天の親方より稼ぎがいいって」

「忍び込んだ者が言ったのか」

おはまが頷いた。

「それしか聞いてねえ」

と答えた下女は、

わああっ

という大声を上げて泣きだした。

その声に一郎太らが飛んで来た。

「坂崎さん、生き残った者がおりましたか」

「女中のおはまどのが無事でありました」

磐音の言葉に西郷が激しく舌打ちした。

それを聞き流した磐音は、

「おはまどの、奉行所の方々が下におられる。それがしと下りようか」

と言いかけると、おはまの手を引いて梯子階段を降りた。

「でかしたな、坂崎」

と誉める笹塚孫一に、

「笹塚様、ちとお耳に」

と言うと、おはまが聞いたという言葉を笹塚だけに伝えた。その先、どうするかは笹塚の判断だ。

「それがし、宮戸川に参る刻限ゆえこれにて失礼いたします」

と言い残して凶行が行われた家から表に出た。

うっすらと積もった雪が磐音の目に清々しく映った。すでに雪はやんでいた。

磐音は軒先に置いた菅笠を被り、蓑は小脇に持った。その背に人の気配がして、

「おぬし、これ以上、南町と関わるでない。このわしが許さぬ」

と風烈廻り同心の西郷が険しい顔で言い放った。

磐音は聞き流すと、元大坂町から大川に架かる永代橋へ出んと雪道を歩き出した。

宮戸川でのいつもの鰻割きは早めに終わった。鰻の量が少ないせいだ。朝餉を

いただくとき、鉄五郎（てつごろう）に鎌倉行きの一件を断った。

「今津屋さんの御用ですかい。師走に慌ただしいが、行ってらっしゃいな。なあにこっちは見てのとおり鰻の入りが少ないときてる。松吉（まつきち）と次平（じへい）でなんとでもなりまさあ」

と許しを与えてくれた。

朝餉の後、磐音はその足で六間湯に立ち寄り、残酷極まりない押し込み強盗の記憶を消すように体を洗い、湯船に身を浸した。

昨夜（ゆうべ）から二度目の湯だがたっぷりと暖まった。

（ちと仮眠を取るか）

と怠惰なことを考えながら湯屋の暖簾（のれん）を分けて表に出ると、先ほどまで一緒だった木下一郎太が地蔵の竹蔵（たけぞう）親分を伴って立っていた。

「おや、木下どのに地蔵の親分、どうなされたな」

「笹塚様が、坂崎さんに同道願えと命じられましてね」

と一郎太が気の毒そうに言った。

「どちらに参るのです」

「内藤新宿と板橋宿です」

磐音は黙って頷き、小脇に抱えた蓑を二人に見せて、

「長屋に置いていきます」

と答えていた。

深川の町に陽射しが戻っていた。だが、残り雪のせいもあって日陰に入ると底冷えがした。

金兵衛長屋に戻った磐音は蓑を板の間に置くと、道中羽織を寒さ避けに着た。これで仕度はなった。

「どちらから参ります」

「板橋宿、内藤新宿の順です」

「黒頭巾が暗躍した順ですな」

「笹塚様に願って前の二件を確かめに歩くのです」

「なんぞ不審がございますか」

磐音は問いかけながらも足早に歩いていた。無論、一郎太も竹蔵も町廻りで鍛えた健脚だ、次々に人を追い抜いて両国橋に出た。

「こたびの一件と前の二件はどうも犯行が違うような気がするのです。板橋宿も内藤新宿も縛り上げてはいますが、誰一人としてかすり傷すら負わせていない」

「それも板橋宿では聞いていません。内藤新宿では確かに火事が起こっている。その辺も曖昧なので、自らの目で確かめようと願い出たのです」

「火付けはどうです」

「分かりました」

三人は両国橋から今津屋の前を通り、神田川沿いに上がると、筋違橋で対岸に渡り、聖堂の裏手に出ると、駒込追分から板橋宿へとひたすら進んだ。

「坂崎さん、西郷政五郎様の言動、不愉快に思われたことでしょうね。お許しください」

と突然一郎太が謝り、竹蔵が、

「なにしろ定廻りと風烈廻りはどこも仲がよくないですからね。そのとばっちりを坂崎様が受けられたようだ」

「竹蔵、それだけではない。西郷さんは狷介な人物でな、南町でも一風変わったお人だ。元大坂町の衣装屋の一件はおれ一人で解決してみせるという意識が強すぎるのだ。上司の方々も何度か注意をされたと聞いているが、そこが西郷政五郎たる所以で、直るどころかますます酷くなる一方だ」

と一郎太が苦笑いした。

三人が中山道の一番目の板橋宿に到着したのは昼時分だ。直ちに、押し込みを担当した土地の御用聞きの親分の案内で飛脚屋三十里屋を訪ねた。

そこで判明したことは、黒頭巾の一統は武術に長けた七人で、一人の頭目に一糸乱れぬ統率を受けていること、奪われた金子は七十八両だが、金箱の中には二十五両の小判が残されていたこと、板橋宿では押し込みに入るに際して、火付けなど起こっていないことが分かった。

それに興味深いことは、一味が面体を隠した頭巾が、芝居の黒子が被る黒子頭巾のようだということが判明した。となると衣装屋の隠し金蔵に残された袋状の頭巾とは異なった。

三人は板橋宿から内藤新宿に回った。

内藤新宿の質商高松屋の押し込みは二百十余両を奪い取っていったが、やはり蔵には当座の商いの金子か、百両ほどが手付かずに残されていた。またここでも無言の犯行の手口は一緒だが、一味が首領の命になんとなく釈然としないものを感じているようだと、質屋の番頭は感じとっていた。

それに犯行の刻限、火事は起こっていたが、それは食売旅籠の台所から出たもので火付けとは関わりがなかった。

木下一郎太、坂崎磐音、竹蔵の三人は、内藤新宿から江戸に戻る道でようやく足を緩めた。

「旦那、衣装屋の一件は、黒子頭巾の犯行を真似た別の一味の仕業にござんしょうね」

竹蔵が一郎太に言った。

「もし同じ一味としたら、黒子頭巾の一味の中でなにかが起こったということだ。二件目の高松屋の番頭が縄で縛られながら、頭目の命に手下たちが嫌々従っている様子があったと感じたことは大きいぜ。客を長年見てきた質屋の番頭の証言だからな。とにかく今の時点では三件が同じ一味か、別の二組の犯行か、決め手はない。だが、明らかに最初の二件と衣装屋の皆殺しとは手口が違っている。それがどういうことを意味するか」

一郎太の考えには磐音も同感した。それにおはまが耳にした、

「吉祥天の親方より稼ぎがいい」

という言葉が意味を持ってきた。だが、一郎太らはまだ笹塚から聞かされていないようだった。

「それに黒子頭巾と、衣装屋にわざわざ残された黒頭巾参上と書かれた頭巾とは、

だいぶ感じが違いますぜ」

　と竹蔵も言った。

　しばらく無言で歩いた後、磐音が訊いた。

「木下どの、衣装屋でただ一人生き残ったおはまどのはなにか目撃しておりましたか」

「下野から江戸に出てきたばかりの娘が、あのような恐ろしい目に遭うたのです。なんとか口を開かせようとするのですが、話を聞こうとすると激しい震えに見舞われてなかなか進みません」

「そうでしょうね」

「ただ、おはまは、黒頭巾の一味は大声で喚く頭目に率いられていたことを見ております。この点から申しても、板橋宿と内藤新宿の寡黙な頭目とその一味とは明らかに違う」

　寡黙な親方が吉祥天の親方かどうかだ。

「やはり別口かな」

　磐音の自問に一郎太も首を傾げた。が、それ以上は答えなかった。

「しかし、よくも冷静に梯子階段を引き上げて、じっと恐怖に耐えていたものです。笹塚様もおはまに気長に付き合って聞きだせと尋問の者に命じておられます」

「それがよいでしょう」

「衣装屋の被害はおよそ八百七十五両、銭以外はすべてかっさらっていきました。通いの番頭の証言です」

三人が江戸に戻ったとき、すでに夕暮れが訪れようとしていた。

「ご苦労でした」

「坂崎様、江戸の二宿を引っ張り回しちまいました」

南町奉行所のある数寄屋(すきや)橋前で磐音は二人と別れることにした。

磐音は西郷のことを気にしたわけではなかったが、格別に用事がない限り南町には近付くまいと思ったことも確かだった。

「笹塚様もお待ちと思いますが」

という一郎太に、

「なんぞあれば今津屋か金兵衛長屋にお知らせください」

二人と別れた磐音は御府内を南西から東北へ、両国西広小路を目指して突っ切ることになった。

米沢町の今津屋ではまだ店が開いていた。

「本未明の火事見物はどうでしたな。なんでも芝居小屋に出入りの衣装屋がえらい災難に遭ったとか」

由蔵が帳場格子から声をかけてきた。

「はい、火事場で南町の笹塚様にお会いしているところへ報せがあり、それがしもなんとなく従うことになりました」

「そんなことだろうと、おこんさんと話していたところです」

「本日は、その一件で板橋宿から内藤新宿まで、木下どのと地蔵の親分と共に回ってきたところです」

「それはご苦労さまにございましたな。もうそろそろ店仕舞いです、夕餉を食べて行ってください」

「はい」

と素直に答えた磐音は、

「宮戸川の親方にはお断りしてございます。いつでも鎌倉には参れます」

「ならば明後日七つ発ちにしましょうかな」

と由蔵が旅の日程を決めた。

四

磐音はおこんに断り、横山町の湯屋に行った。だが、目当ての人物はいなかった。湯船に浸かったり、上がったりを何度も繰り返して待った。

その人物が姿を見せたのは、釜(かま)の火を落とそうという刻限だ。

そおっと風のように入ってきて湯船に身を浸した。もはや湯船の中には磐音だけだ。

視線を交わらせたとき、磐音は、

「またお会いしたが、この町内にお住まいかな」

と長閑な口調で話しかけた。

相手は曖昧に頷いた。

「それがしは深川六間堀の裏長屋の住人、坂崎磐音と申す」

「こりゃどうもご丁寧に」

と答えた相手だが名乗ろうとはしなかった。

「吉祥天の親方、昨夜は衣装屋の前でお見かけしたが」

驚きの表情を一瞬浮かべたが、すぐさまその気配を消した。

「おまえ様は町方役人とも思えねえが」

「先ほど名乗り申した。ただし南町奉行所と関わりなくもない。大頭の与力の笹塚孫一様にとりつかれて、時にお手伝いをすることもござる」

相手はふふふっと声も立てずに笑い、

「それはお気の毒なことで」

と言った。

「今日はそのご配下の方と板橋宿、内藤新宿と歩いて参った」

「なんぞ収穫がございましたかえ」

「黒頭巾の押し込みの頭分が、吉祥天の親方から代わったようだと推量がつき申した。他人の家に押し入り、金品を盗む。どんなものでも許せるわけはござらん。だが、盗人にも三分の理の喩え、板橋宿と内藤新宿には情が感じられた。だが、昨夜の一件は許せぬ」

相手は頷くと両手で顔を洗い、

「ありゃあ、外道働きにございます」

と言い切った。

「親方、それを許しておかれるのか」

「坂崎様の申されることが、いま一つ分かりませんねえ」

「どこが分からぬな」

「いやさ、おまえ様がなにをお考えかとね」

「親方、なんぞ手伝うことがあろうか」

「坂崎様、剣術の腕前はどうです」

「神保小路（じんぼうこうじ）の佐々木玲圓（ささきれいえん）先生一門の末席を汚しておる」

「ほんものだねえ」

「そなた一人で持て余すならば呼んでもらいたい」

相手はしばし沈思した後、
ざぶり
と湯から引き締まった小柄な体を上げるとくるりと後ろを向き、

「坂崎様、お先に」

と石榴口の向こうに姿を消した。

磐音は湯の中で、
じいっ

としていた。

人の気配が消えた。

磐音はゆっくりと湯から上がり、石榴口を潜った。もはや脱衣場には誰もいなかった。

「いつまでも長湯して相すまぬ」

と三助に謝ると、

「最前の客がこれをあなた様にと残していきましたぜ」

と結び文を渡した。


浅草御蔵前黒船町村田屋の、黒漆喰土蔵造りの店の屋根には雪が消え残っていた。

夜半を過ぎて煌々たる月明かりが、江戸で名代の煙管屋を照らしつけていた。

この村田屋は池之端仲町の住吉屋と双璧の煙管屋で、

「住吉と村田、張合い磨き合ひ」

と川柳に詠まれたほどだ。

間口はさほど大きくはないが、凝った造りの煙管、値の張る煙草入れを扱うだけに、店構えは重厚で堂々としていた。

磐音は御蔵前通の両側に跨がる町の暗がりに身を潜めていた。村田屋は大川端に近い東側にあった。

自らは名乗らなかったが、磐音が、

「吉祥天の親方」

と推測した男は磐音に、

「今夜半浅草黒船町村田屋にて会いたし、但しご一人にてお願い申します」

という文を残していた。

磐音は考えた末に一人で動くことにした。火事や押し込みは気にかかったが、「吉祥天の親方」がそう願った以上、信じることが第一と考えたのだ。また火の手が上がれば、江戸じゅうの火消したちが待ち受けている。そのことも磐音を単独で行動させた理由でもあった。

磐音が人の気配を感じたとき、
すいっ
と男が磐音のかたわらに座り込んでいた。

「吉祥天の親方」は、磐音が一人かどうか長時間窺っていたのだろう。

「この村田屋にはわっしが何年も前から引き込みを入れておりましてね。野郎どもは必ずいつかはこの店を狙います」

遠回しに吉祥天の親方であることを認めた。

「それが今宵か」

二人の会話はものの一、二間も離れれば聞こえない程度の潜み声で交わされた。

「へえっ、わっしが手塩にかけて育てた押し込み一味と仕事を、義弟の居合いの参造にそっくり乗っ取られようとは、わっしも耄碌したもので」

「蔵に商いの金子を残すようなやり口に参造は反対したか」

「どうせ押し込みを働くなら、有り金残らず奪い去り、口封じに皆殺しをしていこうという参造です。外道働きもこれに極まれりでさあ」

と嘆いた吉祥天の親方は、

「ですが、今宵だけは血は流させねえ」

と言い切った。

その直後、浅草黒船町の路地から七、八人の黒ずくめの一味が姿を見せて、村田屋の潜り戸の左右にさあっと腰を屈めた。

同時に下谷広小路辺りで半鐘が響き始めた。

黒頭巾の別組が火を放ったのだろう。

「居合いの参造は元を辿れば武士にございましてね、民弥流とかいう居合いを遣いますんで」

潜り戸の前で鼠が夜鳴きするような声が響き、その直後、戸が開いた。

一味が村田屋に風のように入るのに続いて、親方が気配もなく走った。

磬音も続いた。

どん尻から店の土間に入った一味の一人が、潜り戸を閉めようとしてさらに続く二人の男に気付いた。

「吉祥天の親方」

怯えた声がした。

親方がその者の背を押すように村田屋の土間に入った。うっすらと行灯が点され、黒ずくめ、黒の袋頭巾の面々が長脇差や匕首を抜いて構えていた。

その半数はすでに土足で店の板の間に上がっていた。

広い土間には、煙管の磨きに使われるのか作業用の小さい台が置かれ、背もたれもない腰掛けに巨漢がどっかりと座っていた。

「ちえっ」

という舌打ちが響いた。

親方が台を挟んで腰を下ろした。

磐音はその背後に立った。

「親方、邪魔をしちゃ困るな」

「参造、おれが育てた一味と引き込みを、よくも奪いやがったな。おまえのやり口はとても人のやることじゃねえ」

「殺さず犯さず火付けせずか。能書き垂れても、所詮(しょせん)、押し込みだ。親方のやり口よりも数倍稼ぎがいいと、おまえさんが手塩にかけた連中が喜んでいるんだがねえ」

磐音の背でなにかが動いた。

だが、二人の男の対決に見入るふりを続けた。

そよっ
と村田屋の気が揺れた。

その瞬間、磐音が片足立ちに舞い、同時に腰の包平二尺七寸が捻(ひね)り抜かれて、白い光の弧を描いた。

背後から長脇差と匕首を突きかけた二人の胴が鮮やかに峰打ちに叩かれて、

どさり
と土間に落ちた。

その異常な物音に、眠り込んでいた村田屋の奉公人が二階で起きた気配があった。

「村田屋の方々に申す。ただ今、店先に黒頭巾の一味が入り込んでおる。二階から下りてはならぬ！」

と磐音が叫んでいた。

「おのれ！」

と腰掛けに座ったままの居合いの参造が吐き捨てた。

「吉祥天の親方、席を譲ってくれぬか」

磐音の申し出に親方が訝しい顔をしたが、参造の前から立ち上がった。

その間に、参造の台にあった両手が膝の上に移動した。

袋頭巾の目玉が異様に光り、

「親方、こやつとおれを勝負させようという算段か」

と訊いた。

「坂崎磐音様と申されてな、神保小路の佐々木玲圓道場の門弟だそうな。お手並みは、ただ今拝見したな」

磐音は包平を再び鞘に納め、参造と対座するように腰掛けに腰を浅く落とした。そして、右足の膝は立て、両手を台の上に置いた。

「おめえも無鉄砲な野郎だぜ。居合いの参造に居合いで挑もうというのか」

「そなたらの所業が所業、素っ首は六尺高い獄門台に晒されることになろう。だが、簡単にあの世には行かせぬ」

磐音の脳裏には、衣装屋で殺された年端のいかない娘や息子、小僧たちの苦悶の表情が刻まれていた。

「丹五郎、懐の蠟燭を貸せ」

親方が昔の一味に命じた。

丹五郎と呼ばれた手下はしばらく迷った後、店の上がりかまちにあった行灯の火を移した蠟燭を、

「親方」

と言いながら差し出した。

黙って受け取った吉祥天の親方が、台の端、だが、磐音と参造との真ん中辺り

に立てた。

炎は真っすぐに立ち昇り、二人の顔の半面を照らしつけた。

参造の手は相変わらず両膝の上にあった。

座り居合いを使うとしたら、台の脚が邪魔である。だが、参造は平然としたものだ。

磐音の包平もまたその腰間にあり、両手は手の甲を上にして台に置かれたままだ。

二人は間合い三尺ほどで相手の目の動きを読み合うように見詰め合っていた。

磐音は袋頭巾の中の瞼が細く閉じられるのを見た。だが、瞳孔の動きまでは、黒の袋頭巾のせいで読めなかった。

蠟燭の芯がじりじりと燃える音だけが村田屋の店に響いていた。

いつしか半鐘の音が消えていた。

参造の袋頭巾の口辺りが呼吸に合わせて、僅かに膨らんだり凹んだりした。

その動きがふいに止まった。

台の下で参造の右手が動いた。

柄に手がかかり、巨体の腰を揺すりざま、強引に引き抜いた。

磐音の台の上の手に力が入り、立てた片膝がばねのように伸びて土間を蹴り、腰掛けに座った姿勢から虚空へと飛び上がっていた。

参造が抜き放った豪剣が台の脚を一本、二本と大根でも切るように両断し、磐音が腰を下ろしていた空間を薙いだ。

だが、その瞬間、磐音は虚空にあった。

ええいっ

包平を抜き打つと刃渡り二尺七寸に再び弧を描かせ、参造の右肩口を斬りつけていた。豪剣を握った腕が垂れ、

ぎええっ

という絶叫が響き渡った。

腰掛けから転がり落ちた居合いの参造が、左腕で右腕を抱えて土間を転がり回った。

その姿を冷たく見ていた吉祥天の親方が、裏切った仲間の残党を見据えた。

「これが外道働きの行く末だ。よく見ておきねえ」

「親方、どうすりゃあいい」

一人が悲鳴を上げた。

「今さら遅いや」

と突き放した親方が、

「おれたちに残された道は唯一つよ」

「教えてくんな」

と手下が哀願した。


磐音は、浅草御蔵前に外科医の看板を掲げる石堂暁扇の控え部屋から玄関先に薄靄が漂い、それが朝の光に惑い動くのを見ていると、大頭にちょこんと陣笠を載せた小男が門から勢い込んで入ってきた。

言わずと知れた南町奉行所の切れ者与力笹塚孫一だ。

その後ろには、風烈廻り同心の西郷政五郎が顔面を憤怒に染めて従っていた。

「坂崎、南町奉行所に、黒子頭巾の一味、吉祥天の伯王親方なるものと一味が、そなたの指図だと自首して参ったが、一体全体どうなっているのだ」

と怒鳴った。

「おや、吉祥天の親方は南町を訪ねられましたか」

と磐音がのんびりとした声を上げた。

「おや、ではないぞ、どうなっておるのだ」

「笹塚様、黒の袋頭巾一味の頭目居合いの参造は、石堂先生の手により、ただ今止血手術が行われております」

「どんな具合か」

「右肩口を斬られておりまして、なかなかの難手術とか」

「斬られておりましてと他人事のように申すが、そなたが斬ったのであろうが」

「尋常の勝負にございました」

「話せ、最初から話せ」

と指揮杖でぽんぽんと太股を叩いた。

磐音は、偶然にも加賀大湯で出会った初老の男の背に吉祥天の彫り物があったことから、惨劇の衣装屋を覗く野次馬の中に親方が紛れて、その様子を窺っていたことなど、さらには加賀大湯で待ち伏せして二人だけで話ができたことなどを話した。

「なぜ、知らせぬ」

笹塚の語調はいつしか穏やかになっていた。

「それがしが笹塚様にこの一件をお知らせすれば、吉祥天の親方も一味も姿を見せたかどうか」

「密かに人を配置することもできたぞ」

笹塚が正直に答えた。

「黒子頭巾を率いた吉祥天の親方ならば一目で見抜かれましょう」

「それにしても、なんぞやりようがあったであろう」

と笹塚が愚痴を言ったとき、奥から足音が響き、石堂暁扇その人が姿を見せた。

「先生、いかがかな」

笹塚が問うた。

「必死の治療をしてみたが、残念ながら、ちと出血が多くてな、ただ今、身罷った」

笹塚が磬音を見た。

「そなた……」

「なんでございましょうか」

「いやいい」

笹塚孫一がそう答えると、

「吉祥天の伯王親方と一味の取調べをいたすぞ、西郷」

と部下に言うと、せかせかと門前に向かった。

西郷が磬音に顔を寄せ、

「坂崎、こたびはおぬしに後れを取った。だが、この一件、西郷政五郎、断じて忘れはせぬ。借りは何十倍にしても返す。覚悟しておけ」

と吐き捨てると笹塚に続いた。

その直後、磬音の声が石堂暁扇の門前に響いた。

「笹塚様、吉祥天の親方と一味にお慈悲を願います」

第二章　水仙坂の姉妹

一

その朝七つ（午前四時）、今津屋の老分番頭由蔵を駕籠に乗せ、旅仕度の坂崎磐音が従って、店の前から発った。

江戸はまだ未明の暗さの中にあった。

駕籠はひたひたと米沢町から御城に向かうように馴染みの町を抜け、本町と室町の辻を、五街道の基点、日本橋へと曲がった。すると旅仕度の武家や町人たちも日本橋に向かっていた。

駕籠はやや速度を落として長さ二十八間余の日本橋を渡り、いよいよ東海道へと踏み出した。とはいえ、まだ江戸のまん真ん中にいることに変わりはない。

駕籠かきたちの突く息杖（いきづえ）の動きが速くなり、磐音も自然にそれに足並みを合わせた。

白い息を吐きつつ、江戸の中心から三縁山増上寺（ぞうじょうじ）の山門前を抜け、金杉橋を渡って、本芝町に出た。すると潮騒の音が、道の左手からかすかに聞こえてきた。

品川の海だ。

高輪（たかなわ）大木戸、八つ山を通った駕籠は最初の宿場、品川を抜け、ついに御府外へと出た。

明け六つ（午前六時）の鐘がどこからともなく響いてきて、夜も白み、海から陽光が街道に射（さ）し込んできた。

由蔵が少しばかり腰をふらつかせて駕籠を降りたのは六郷（ろくごう）の土手だ。

「ご苦労さんでしたな」

駕籠代とは別に酒手をはずんで、出入りの駕籠屋を江戸に帰した。

土手の上で足腰を屈伸させ、大きく深呼吸をした由蔵が、

「ようやく二人旅が始まります」

とほっとした声を洩らした。

「駕籠は楽ですが体の節々に堪（こた）えます。人は二本足で歩くようにできております

でな」

と言って由蔵は肩に斜めに風呂敷包みを負った。

お艶の遺髪と戒名を記したお札が入っているのだ。由蔵の旅用具は磐音が道中嚢に一緒に入れて背負っていた。

磐音の旅装束はおこんがすべて用意していて、小袖から羽織、袴とまるで大身の若様のような身仕度だった。

今津屋の老分番頭の旅なら、手代や小僧の一人や二人、荷物持ちで同行するものである。事実、主の吉右衛門が、

「たれぞ若い者を連れておいきなさい」

と勧めたが、

「旦那様、我儘を申すようですが、坂崎様と話しながらのんびり気兼ねなく旅がしとうございます。手代に荷物を持たせると申しましても、わずかな身の回りの品ばかり。私が負っていきます。大丈夫にございますよ」

と断ったのだ。

そんなわけで由蔵と磐音は土手を降りて、今しも向こう岸へ漕ぎ出さんとした渡し舟に、渡し賃十文だけを払って乗った。この十文は町人の由蔵の分だ。渡し

舟はどこも武家無料と決まっていた。

渡し舟にぽかぽかとした陽が射してきた。

由蔵は周りを見る余裕ができたと見え、

「坂崎様、腹も空かれたでしょう。川崎宿の万年屋で、名物の奈良茶を食べていきましょうかな」

「噂には承知しておりますが、食するのは初めてです」

磐音は関前藩に奉公していた折り、さらには浪々の身の市井暮らしをするようになっても、東海道川崎宿を幾度となく往来してきたが、いつも先を急ぐ旅で川崎宿には立ち寄ったことがなかった。

江戸から二宿目であまりにも近いせいだ。

渡し舟が舳先を軽く船着場に当てて止まり、ぞろぞろと旅人たちが河原へと降りた。

磐音は由蔵を助けながら舟を降り、川崎宿へと上がっていった。

奈良茶が名物の万年屋は土手を上がったすぐのところ、道を挟んで船会所の反対側にあった。

絣に姉様被り、赤い扱き帯を襷にかけた女たちが、

「いらっしゃいまし。奈良は東大寺で始まった、名物の奈良茶飯などいかがですか」

と呼び込みをしていた。

「御免なさいよ」

由蔵が鷹揚な態度で店に入り、二人は手炙りの置かれた縁台に座ることができた。奈良茶とは、

〈事跡合考曰、明暦の大火後、浅草金竜山の門前の茶屋に、始めて茶飯、豆腐汁煮染煮豆等を調へ、奈良茶と号けて出せしを、江戸中端々よりも金竜山のならちやくひに往んとて、殊の外珍しき事に興ぜり〉

とあるように、奈良の東大寺で始まったものが江戸に波及、さらに六郷の渡しそばの川崎宿の名物となったのだ。

ようは茶飯に大豆や小豆を炊き込んだご飯が名物、それに豆腐汁など寺方の精進料理がついたものだった。

一人前三十六文の奈良茶を、

「これは鄙びた味にございますな。年寄りの口には合いますぞ」

と由蔵が喜んで食べ、茶を最後に喫して、立ち上がった。

川崎宿を出たのが五つ（午前八時）前のことだろう。まずは神奈川宿まで二里半の道中だ。

磐音は、日頃帳場格子に座ったままで仕事をする由蔵の足を案じたが、ゆったりとした足の運びながらしっかりしたものだ。この分なら、程ヶ谷（保土ヶ谷）宿までは辿りつけそうだと安心した。

「あっ、そうそう、ついうっかりと忘れておりました」

と由蔵が言い出したのは、道中の事物も見飽きた頃合いだ。

「昨日、村田屋の番頭さんが見えましてな、今津屋さんに坂崎磐音様と申される武家が出入りなされていると南町奉行所で聞いて参りました、と訪ねてこられましたよ」

「なんぞ不都合がございましたか」

「なにを申されますやら。村田屋では黒頭巾の押し込み一味に押し入られながらも、奉公人のたれ一人として怪我もせず、一文たりとも盗まれなかったのです。坂崎様の機転で未然に防ぐことができたとお礼に参られたのですよ」

「それがしはまた、店先を血で汚したゆえ、お叱りを受けるのかと思いました」

磐音はほっと安堵した。

「それに吉祥天の親方の覚悟が防いだ一件です。それがしが礼を言われる筋合いではございません」

「村田屋の番頭さんは金兵衛長屋に出向かれると申されたのですが、明日から旅に出ることになっており、そのことで忙しく飛び回っておられるゆえまたにされるが宜しかろうと、勝手ながらお断りしておきました」

「助かりました」

「村田屋は後始末に追われておりますゆえ、坂崎様が江戸に戻られた頃合い、主を同道して改めてお礼に参上するそうです。坂崎様はなにを喜ばれるか、私やおこんさんにしつこく訊いていかれましたよ」

「それは困った」

と答えた磐音は、

「吉祥天の親方はどうなりましょうか」

とそのことを気にした。

「木下様もお見えになりましたよ。一味の下調べが行われたそうです。それによると、吉祥天の親方こと伯王は、義弟にして副頭目の参造の行動を含め、こたびの一連の騒動の一切は頭目たる私めの責任にございます、いかなるお咎めもお受けいたしますと、神妙な様子とのことにございました。また、板橋宿と内藤新宿の押し込みで奪ったほぼ全額の金子の隠し場所を白状したとか。木下様はそれを確かめに馬喰町の旅人宿に来られたのですよ」

「馬喰町の旅籠におられましたか。どうりで親方と横山町の加賀大湯でよく顔を合わせたわけだ」

「これから本式なお調べに移るそうですが、吟味方でも近頃殊勝な盗人だと評判だそうにございます。それに坂崎様が参造を始末なされたことで裁きはやり易くなったと、木下様は申されておりました」

「…………」

「なにしろ参造が無慈悲であったことは衆目の一致するところ。あやつにすべてをおっかぶせて、自首した連中の罪一等をなんとか減じられないものかと、お奉行も苦心なさるはずだとも申されておりました」

「お慈悲があるとよいのですが」

「なんにしても坂崎様の手柄。村田屋が感謝するのは当然です。もしあのまま見過ごしたら、村田屋では大勢の人が殺される目に遭い、村田屋の身代何千両が闇に消えておりました」

二人は四方山話をしながら、昼の刻限に神奈川宿に到着した。ここで昼食を摂ったのち、一里九丁先の程ヶ谷宿まで再び由蔵は駕籠に乗った。

「坂崎様、お蔭さまで今日は金沢街道の追分の程ヶ谷泊まりまでこぎつけましたよ。ここまで来れば明日は楽旅、日の高いうちに鎌倉の建長寺に辿りつけましょう」

江戸から程ヶ谷宿まで八里九丁の距離、急ぎ旅の人間なら次の戸塚宿まで行くところだが、由蔵の普段の暮らしを考えると頃合いの宿場といえた。

〈程谷——むかしは程谷、新町、帷子とて三宿なりしを、慶長二年（一五九七）一駅となる〉

二人は『東海道名所図会』にもある宿場新町筋の旅籠に投宿した。

〈江戸より見物せんと思う人は程ヶ谷宿より金沢に来て、鎌倉に行けば見物の次第よきなり〉

と『鎌倉物語』に記された金沢街道は、程ヶ谷宿帷子町で分岐して南下することになる。

七つ半（午前五時）に由蔵と磐音は程ヶ谷を発ち、道標に従い、

「かなさわ、かまくら道」

と指し示された金沢街道に入り、弘明寺、笹下、能見堂と進み、朝を迎えた。

この先、金沢八景の瀬戸神社までを金沢道と称し、南から西へと向かって鎌倉までを六浦道と呼んだ。

道中暗いうちは旅の感興も湧かない、だが、日が昇ると由蔵は、

「おおっ、こんな畦に野地蔵がおわす」

とか、

「師走でございますな、土蔵の軒に干し柿やら大根が干してある光景は江戸市中では見られません。懐かしいものです」

などと嬉しそうに感想を洩らし、その都度、一時足を止めて鄙びた風景に見入った。

「坂崎様、金沢道の終わりの瀬戸神社は六浦道の始まりでもございます。道中の安全をお祈りして参りましょうか」

源頼朝が三島明神を勧請して創始したと伝えられる古社の拝殿に頭を垂れて拝礼をなした二人は、六浦道へと入った。

江戸湊の入口にあたる六浦は海上交通の要衝であり、物産が集散した湊でもあ

った。

この六浦を出ると鎌倉の難所が待ち構えていた。

朝比奈(あさひな)の切通しだ。

その昔、六浦の浜で焼かれた塩はこの切通しを通って鎌倉に運ばれたという。

もはや紅葉の季節も去り、朝比奈の切通しの石ころ道には、旅人に踏まれた落ち葉が散っていた。

「ゆるりと参りましょう」

磐音は由蔵の足を気遣い、歩調をさらに緩めた。

曲がりくねった峠道に沿って疎水が流れ、水仙が咲いていた。そんな光景を愛でながら進んでいくと、後ろから足音が近付いてきた。

磐音と由蔵は山側に避(よ)けて急ぎ旅の人を先に行かせようとした。

「御免」

塗笠(ぬりがさ)を被った道中羽織と袴の武士が二人に声をかけると、急いで鎌倉へと降りていった。

三十前後か、顎(あご)の剃(そ)り跡が青々としたのが磐音の印象に残った。

「さて行きましょうかな」

再び苔むした朝比奈切通しを抜けた二人は鎌倉の鶴岡八幡宮へと出た。まだ日も高い。

「まずは建長寺さんで御用を済ませましょうかな」

由蔵は臨済宗建長寺派大本山、鎌倉五山の筆頭の禅寺を承知している様子で、巨福呂坂へと磐音を導いていった。

この名刹の開基は北条時頼、開山には宋の高僧蘭渓道隆が迎えられた。蘭渓道隆は大覚禅師のことである。

かつて盛時には七堂伽藍、塔頭四十九院を数え、伽藍は中国の径山万寿寺を模して壮麗なものといわれた。

二人は総門から境内に入り、三門を経て、仏殿、法堂に合掌した後、庫裏を訪ねた。

文で由蔵の訪いは知らされていたとみえ、すぐに漱ぎ水が用意され、顔や手足を洗って旅塵を落とした二人は仏殿へと案内された。

仏殿は徳川二代将軍秀忠の正室崇源院の霊屋を、芝の増上寺から移築して建立されたものだ。

この仏殿に禅師数人が待ち受け、今津屋のお艶の遺髪と戒名を仏に捧げて読経が厳かに上げられた。

磐音は荘厳な気持ちで一年四月前の送り火の夜の出来事やら、まだ元気だったお艶をおぶって大山不動堂に運んだことなどを追憶していた。

由蔵と磐音は香を手向けて、吉右衛門の代参の役目を無事終えた。

由蔵は供養料百両を納めてほっとした顔で仏殿を出た。

巨福山に淡い夕暮れが訪れていた。

「坂崎様、ご苦労にございましたな」

と由蔵が労い、

「今宵はゆっくりとお休みください」

と言い添えた。

磐音はなんとなく建長寺の宿坊に泊まるのかと考えていたので、

「旅籠は寺の外にございますか」

と訊いた。

「若宮大路の相模屋に宿を取ってございます。そちらで今宵と明晩、泊まることになろうかと存じます」

「ゆっくりでございますな。なんぞ他に用でもおありですか」

磐音の問いに由蔵が足を止めて、

「相模屋には待ち合わせの連れがおられます」

「連れがおられると」

「お一方は坂崎様もご存じですよ」

「どなたにございましょうな」

「お艶様の兄様、赤木儀左衛門様です」

「伊勢原から儀左衛門どのがおいでですか」

「坂崎様、これからのことは旦那様に内緒の御用にございます。さようお含みおき願います」

「はあ」

磐音は曖昧に返答した。

「儀左衛門様のほかに連れがおられるのですね」

「小田原城下の脇本陣の主、小清水屋右七様と、お二人の女性がおられます。右七様の娘御で、姉娘のほうは大久保家にご奉公なされたお香奈様。当年とって二十八になられます」

「脇本陣の主どのと二人の娘御が、老分どのの内緒の御用に関わりますので」

「坂崎様、今津屋の焦眉の急はなんでございますな」

「ひょっとして今津屋どのの後添いにございますか」

「さよう。この由蔵、御親戚一同からやいのやいのと矢の催促をされておりましてな。また儀左衛門様も、一日も早く旦那様の後添いを探して跡継ぎをと気にかけてこられました。儀左衛門様と右七様はご昵懇の付き合いにございましてな、こたび、お香奈様を旦那様の後添いにいかがかと、当人なしのお見合いをすることになったのでございますよ」

「さようでしたか」

二人は話しながら巨福呂坂を下り、再び鎌倉の町屋へと下りてきていた。すでに若宮大路には灯りが点り、遠くから潮騒が響いてきた。

「そのような場にそれがしがいては、ご迷惑ではございませんか」

「いえ、むしろ私だけで今津屋の新しいお内儀様の目利きをするのは荷が重いものでございます。坂崎様もどうかお香奈様のお人柄を見ていただけませんか」

「承知しました」

と答えた磐音は、

「むろんお香奈どのは見合いということを承知でございましょうな」

「承知されていると思います」

「妹御は付き添いにございますか」

「鎌倉まで父親と旅をする道中の無聊を考えられた先方様のご意向で、妹娘のお佐紀様が同行される旨、文で知らせがございました。小清水屋にはこのご姉妹の他に跡取りの幼い弟がおられるとか」

「老分どの、うまく参るとよろしゅうございますな」

「来年は三回忌、旦那様が再三にわたって口にしてこられた喪も明けます。なんとしてもこの辺りで後添いを決めぬことには、私の立場もございません」

由蔵が心中を吐露したとき、相模屋の玄関先に二人は到着していた。

二

「これはこれは今津屋の老分番頭さん、お久しぶりにございますな」

相模屋の番頭が旧知の由蔵を迎え、連れが武士と知ると訝しそうな表情をしたが、すぐに大旅籠の番頭の顔に戻って言った。

「ただ今濯ぎ水を用意させますでな」

「皆さんはもうお着きですかな」

「はい、すでにお揃いにございますよ」

草鞋(わらじ)と足袋(たび)を脱いだ由蔵と磐音は漱ぎ水で足を洗い、二階の角部屋へと案内された。するとすぐに伊勢原子安村の赤木儀左衛門が姿を見せて、

「由蔵さん、坂崎様、お待ちしておりましたよ」

と挨拶した。

「儀左衛門様、こちらから挨拶に出向こうと思うておりましたのに」

恐縮する由蔵に、

「なんの、こちらは昼過ぎに到着して、暇を持て余していたところです」

「儀左衛門様、ただ今建長寺に立ち寄り、旦那様に成り代わり、この由蔵と坂崎様でお艶様の供養を勤めて参りました」

「ご苦労でございましたな。これでお艶の供養は終わりにしてくださいよ。あとは生きている者の懸念を取り除くことこそ、あの世のお艶が安心する途(みち)にございます」

「儀左衛門様に言われると私どももどれほど気が楽になることか」

「お艶が望んだことは坂崎様が一番ご承知です。死の淵に瀕(ひん)したお艶を雨降山(あふりやま)ま

で背負って登っていただいたのですからな。坂崎様、その節はほんとうにお世話をかけましたな」

と儀左衛門の両の瞼が思わず潤んだ。

「お艶どのと大山参りに同道して早一年半が巡ってこようとしております。歳月が過ぎゆくのは早いものです」

「仰るとおりです。それだけに、こたびの話、三回忌を前になんとか取り纏めねばなりません」

決意も新たに儀左衛門が言った。

「お香奈様にお目にかかるのが楽しみにございますよ」

と由蔵が言い、

「夕餉の席で一同が顔を合わせる手筈にございます。ですが、人柄といい、見目といい、年回りといい、非の打ちどころがございません。ともあれ由蔵さんと坂崎様は、まずは旅の汗を風呂で流してください」

場を仕切る儀左衛門に応えて、

「ならばそうさせてもらいましょうか」

と旅籠に到着したばかりの二人は相模屋の湯に行った。

かけ湯を済ませた二人は湯船に身を浸して、まずはほっと一息ついた。

「御用の一つは済みました」

と洩らした由蔵が、

「先代の吉右衛門様から当代まで、今津屋に奉公して三十数年になりますが、主の意に反した御用を務めるのは初めてにございます」

「それだけ老分どのが主家を思う気持ちが強い証にございましょう」

「このことを知られたら旦那様は由蔵が余計なことをとお叱りなされましょう。あるいは今津屋をお暇することになるやもしれませぬが、私はそれを覚悟して臨んだことにございます。なんとしてもお香奈様には今津屋の後添いになっていただきたい」

由蔵はまだお香奈と会わぬ先からもう次のことへと思いを馳せていた。

それほど吉右衛門の後添いと跡継ぎの問題は切迫していたのだ。

磐音はどんなことがあろうと由蔵が平静の目でお香奈の人物を見てとれるように手助けするのが自分の役目と、気持ちを新たにした。

「老分どの、背中を流しましょう」

「お武家様の坂崎様にそのようなことをさせては罰が当たります」

と遠慮する由蔵の背に回り、糠袋で丁寧に擦り上げた。

「ああ、気持ちがようございます。若い頃は、遣いに出されて十里を行き、十里を戻っても平気でしたが、歳には勝てません。坂崎様に労られながらようやく鎌倉に着きました」

「思いがけず鎌倉幕府が開いた古都を見物する機会に恵まれました。このことを品川さんや竹村さんに話したら羨むであろうな」

「旅の話はかまいませんが、お二人にはくれぐれも内密に願いますよ」

「承知しました」

再び湯に浸かった二人は体の芯まで温め、湯船から上がった。部屋に戻り、身仕度を整えた。おこんが気を利かせてくれたおかげで、真新しい小袖に袴だった。

相模屋の仲居が、

「夕餉の席は離れに用意してございます」

と声をかけてきた。

「では参りましょうかな」

という由蔵の声が緊張していた。

磐音は脇差だけを差して由蔵に従った。

離れ座敷にはすでに儀左衛門ともう一人の人物、小田原城下脇本陣の主にして、小清水屋の旦那の右七が談笑していた。

「おおっ、参られましたぞ」

儀左衛門が言い、由蔵と右七を紹介した。二人が挨拶を交わし終えると、

「右七さん、このお武家様は江戸の両替屋行司今津屋さんの後見でしてな、本来ならば豊後関前藩六万石の国家老様の跡を継ぐべきご嫡男にございます。ちと事情あって江戸の市井暮らしをしておられますが、剣は神保小路の佐々木玲圓先生門下の俊英にございます。いえ、剣云々が坂崎様の真骨頂ではございません。私はこれほど情に厚く思慮深いお武家を存じません。もはや余命いくばくもない妹のお艶を雨降山まで背負って上げ、死に際の望みを叶えてくださったお方です」

と儀左衛門が大仰な紹介をした。

その時、離れの隣座敷に人の気配がして、

「香奈、佐紀にございます。入室してよろしゅうございますか」

と声がかかった。

「入りなさい」

父親の右七が許しを与え、静々と襖が開かれ、座した二人が見事な挙動で男た

ちの待つ座敷に姿を見せた。

「由蔵さん、坂崎様、娘の香奈、佐紀にございます」

座敷の端に平伏した二人が顔を上げた瞬間、離れが、
ぱあっ
と明るくなった。

いずれ菖蒲か杜若、二人とも美形に過ぎた姉妹であった。

「おおっ、これは見目麗しいご姉妹にございますな。小清水屋様のご自慢の宝ものということが一目で分かります」

由蔵が相好を崩す。すでに満足の笑みがあった。

お香奈は寒風に抗して凜と咲く水仙の花のようで、どこか翳が潜んでいることを磐音は見てとった。だが、それはお香奈の瑕とはならず、世の殿方を惑わす魅力になっていた。

小田原藩大久保家で奉公しただけに、物言い、挙動に一分の隙もなかった。

年子の妹のお佐紀のほうは細面の面立ちで、白梅の香気と芯の強さが見られた。

美貌という一点から見れば、姉に軍配が上がったかもしれない。だが妹には、一歩引いて、姉の大事な席をなんとか盛り立てようとする、強い意志が感じられ

た。なにより顔に温かな情と徳が顕われていた。

「ささっ、お二人とも席に着いてくだされ。今宵は夕餉を摂りながらお話しいたしましょう」

と儀左衛門がかたわらの銚子を取り上げようとすると、

「儀左衛門様、私が」

と妹のお佐紀が膝を進め、江戸から来た由蔵にまずお酌をした。

「これは恐縮にございます」

その間、姉のお香奈は鷹揚に構えて、席に着いた。

「ささっ、坂崎様」

とどこで知ったか、名まで呼んで磐音に銚子が差し出された。

「お佐紀どの、それがし、供にござれば、儀左衛門どの、お父上をお先に願います」

遠慮する磐音に、

「坂崎様、一番遠い江戸から見えられたお二人が今宵の正客です。遠慮は無用に願います」

と儀左衛門が言葉をかけ、お佐紀が静かな笑みを浮かべた顔で再び勧めた。

「お言葉ゆえ頂戴いたす」

お佐紀の酌で一座が盃を満たし、

「ご縁あってこうして一堂に会した上は、和やかに、無用な斟酌を抜きにお話しいたしましょうかな」

と儀左衛門が仲介の役を始めた。

一同が思い思いの考えを胸に酒を干した。

「お香奈様、私の妹が江戸の両替商筆頭の今津屋の内儀に納まっていたこと、ご存じですな」

儀左衛門がさらに話を進めた。

「承知にございます。また不幸にして昨年亡くなられたことも存じております」

「妹は不運にも短い生涯を終えました。だが、決して不幸ではなかったのです。吉右衛門どのに看取られながら身罷りましたからな。私はかたわらで最期の様子を見ておりました。そして、お艶はよき亭主どのとよき奉公人に恵まれて幸せであったと確信したのです」

儀左衛門が言葉を切り、

「お艶に一つだけ心残りがあるとしたら、吉右衛門どのとの間に子を生さなかったことにございましょう。兄として、婚家の今津屋さんに申し訳ない気持ちで一杯にございます。当の吉右衛門どのは後添いなどまだ先のこと、今はお艶の菩提を弔うことが先と言うておられます。その言葉を聞くたびに、私の気持ちは落ち着かないのでございますよ」

一同が頷いた。

「来年には三回忌が巡ってきます。なんとかその頃には吉右衛門どのに後添いをと周りの者が慌てふためいている折り、お香奈様、そなた様のお宿下がりの報に接し、なんと私の知り合いにこのような女性がおられたことに気付かされました。そこで親父様の右七さんに内々にご相談申し上げたところ、娘がその気ならばとのご返答を得たのでございます」

お香奈が曖昧に首肯した。

「お香奈様に改めてお許しを願います。この場がお見合いならば、当の吉右衛門どのがおられぬではないかとお叱りを受けようかと思います。ですが、この話、吉右衛門どのに許しを得るのが一番の難題でしてな。お香奈様がよろしいとのご返答ならば、この儀左衛門、なんとしても纏めてみせます。決してお香奈様に恥をかかせるような真似はいたしませぬ」

と儀左衛門が言い切った。

「儀左衛門様、ちと先を急ぎ過ぎておいでですよ。そう気張られては、お香奈様もご返答のしようがございますまい。お香奈様には私どもの立場を分かっていただいたとしても、旦那様なり今津屋なり江戸の暮らしなりについてご不安もございましょう。なんぞ懸念がございますれば、この席でのうてもかまいませぬ、私どもが鎌倉にいる間に、私なり、こちらにおられる坂崎様なりにお尋ねくだされ。ご返事申し上げます」

「儀左衛門様、由蔵様、お心遣い感謝申し上げます」

とお香奈が答えた。

「お香奈、お二人がこう仰っているのだ。なんぞお尋ねすることはないか」

と父親の右七が促した。

「父上、いささか頭が混乱しております」

気色(けしき)ばんでなにか言いかけた右七を制して、妹のお佐紀が、

「お父っつぁん、姉様にもしばし考える時をあげてください。私からもお願い申します」

と座を取り持った。

「お佐紀、そう言うがな、私の脇本陣に泊まられる大名方のだれでもよい、聞いてみよ。当節、今津屋さんの世話にならずに参勤行列が組めるかどうかとな。ここだけの話だが、小田原の大久保家にしても今津屋さんの融通を受けて体面を保っていることをこの右七は承知です。もし今津屋さんがそうお望みならば、大久保家を動かし、お香奈、そなたの身柄を申し受けたいの一言で済む話です。今津屋の老分番頭さんがわざわざ鎌倉まで足を運ばれ、このように理を説いてお願いしておられるのです。そのご厚意に応えるのが私どもの務めです。お香奈も武家奉公を長年勤めてきた身なら、父の申すこと、分からぬではあるまい」

右七の言葉にお香奈の顔が苦しげに曇った。だが、すぐに表情を戻し、

「父上、香奈も過ぎたるお話であることは十分承知しております」

と答えた。

「小清水屋様、娘というものは親からせっつかれると、なかなか心中を吐露できにくいものですよ。どうでしょうな、この話はこれくらいにして、夕餉を楽しみましょうか。四方山話に江戸の話が出るもよし。今宵進展がなければ、お香奈様とお佐紀様は鎌倉見物などとなされませぬか、供は坂崎様にお願い申します。親たちがやいのやいの言うよりも、話は若い者同士で交わされるのがよろしいかと存

じます」

「おおっ、それはよいことに気付かれました」

と儀左衛門が膝を打ち、

「右七さん、先ほども紹介しましたが、坂崎様の人物は保証いたします。なにより情に厚く、剣の腕前は達人です。娘御を託されても決して心配ございませんよ」

と父親の許しを取り付けようとした。

「老分どの、お香奈どのとお佐紀どのがご迷惑ではございませぬか」

突然降りかかった大役に戸惑い、磐音が口を開いた。

由蔵が、

「お香奈様、お佐紀様、如何(いかが)ですか」

と姉妹に訊いた。

お香奈は困惑の体(てい)であったが、お佐紀が、

「私はかまいません」と言ったあと、

「姉様、寺参りをしながら、坂崎様に懸念をご相談なさったら」

と声をひそめて勧めたため、お香奈も首肯した。

「よかった。これで万々歳です」

儀左衛門が言い、

「相模屋自慢の魚料理を楽しみましょうぞ」

と銚子を取り上げた。

由蔵と磐音が部屋に引き上げたのは五つ半（午後九時）過ぎの刻限だ。

「坂崎様、いかがです。今津屋の新しきお内儀様に相応しい女性とは思われませんか」

「さすが大久保家にて奉公をなされただけの風格が漂っておいでです。あれならば大所帯の今津屋の奥を存分に取り仕切ることができましょう」

「坂崎様もそう思われますか」

由蔵の頭にはすでに嫁いできたお香奈の行動が浮かんでいるらしく、

「おこんさんともきっと上手くいきます。あとは旦那様のご承諾次第ですが、これにはちと私に成案がございます」

「どのような案にございますか」

「いや、案というほどのものではないが、お香奈様の風貌、どことなくお艶様の面立ちと似ておりませぬか」

　はて、と考え込む磬音をよそに、

「いや、似ておられます。お嫁に来られた頃のお艶様そっくりです」

と言われれば、磬音には答えようがない。その当時のお艶を知らぬからだ。

ただ、お香奈の表情の翳がどこから生じるものか、磬音は気になっていた。だが、これも口にできるものではなかった。

「坂崎様、明日のお役が重要となりますぞ」

「はあ」

　なんとなく煮え切らない返事をした。

「いえね、これでも伊達に今津屋の帳場格子に座っているわけではありませんよ。人を見抜く眼力は持ち合わせているつもりです。坂崎様のお役はかたちばかりです。まあ、このような機会をせいぜい利用なされて鎌倉をお楽しみください」

「そういたします」

（ちと気が重いが、明日一日の鎌倉見物の中で見極めよう）

　と磬音は心を定めた。

　二人は枕を並べて床に就いた。

枕が替わったせいか、磐音にはなかなか眠りが訪れなかった。なにかもやもやとしたものが脳裏に漂い、時に凝固したようであった。

夜半過ぎ、ようやく眠りに落ちた磐音は明け方には目を覚まし、包平を手に由比ヶ浜に出た。

三

相模灘は未だ薄闇に隠れていた。

厚い雲に覆われているのか、月も星明かりもない。

潮騒だけが規則正しく磐音の耳を打った。

磐音は草履を脱ぐと裸足になり、浜の砂を足裏でしっかりと捉えた。

まだ暗い虚空の一点を思い定めた磐音は、両の足を開き、腰を沈めた。

はっ

という気合いとともに包平二尺七寸を抜き打った。

薄闇を刃がすうっと両断した。

だが、心の中にしっくりとしないものを感じ取っていた。

包平を鞘に納めた。

ただ無念無想の裡に鞘走らせた。

幾十度、幾百度となく単純に抜き打ちを繰り返し、自らの胸中に生じた狂いを修正していった。

どれほどの刻限、どれほど抜き打ったか。

磐音の体の動き、心の幻想、刃の動きが一致して軽やかに光に変じ、朝の大気を斬り裂いた。

背の山から朝の光が走った。

相模灘の冬の海が荒れ模様に広がっていた。

沖合いには白い波が立っていた。

視線を移すと江ノ島、小田原辺りまで霞んで見えた。

お艶を雨降山に参拝させた後、磐音はおこん、宮松とともに江ノ島詣でをしたことがあった。

波間に浮かぶ江ノ島を懐かしく思った。

磐音は納刀をすると足裏の砂を払い、砂浜から上がった。

相模屋の玄関に戻り、女衆に井戸端を訊いた。

「足を漱がれるなら、湯をお持ちしましょうか」

と言うのを断り、教えられた井戸端に回り、足を洗った。上半身諸肌脱ぎになり、冷たい水で拭き取り、最後に顔を洗った。それでさっぱりした。

部屋に戻ると、由蔵が小梅を茶うけに茶を喫していた。

「汗をかいてこられたか」

「時に海を見るのはよいものです」

「江戸の海とは違いますかな」

「別の海です」

磐音は由蔵の淹れてくれた茶を喫して、

「甘いな」

と嘆声を洩らした。

「坂崎様の五感がそれだけ鋭いのですな」

と由蔵が言ったとき、ばたばたと慌ただしい足音がして、顔を引き攣らせた儀左衛門が部屋に入ってきた。

「どうなされました、儀左衛門様」

由蔵の問いに儀左衛門がぺたりと腰を落とした。

「なんぞ異変が出来しましたか」

由蔵の再度の問いに、

「おまえ様に顔向けができませんよ、このとおりです」

と顔を歪め、頭を下げようとした。

慌てた由蔵がそれを押しとどめ、

「とにかく儀左衛門様、事情を話してください」

「お香奈様が姿を消された」

「な、なんと」

由蔵が驚愕の声を発し、磐音が立ち上がった。

「事情を訊いて参ります、よろしいですか」

と二人に断った。

「お願いします」

由蔵が即座に返答した。

磐音は階段を下りると離れ座敷に向かった。

昨夜、夕餉を食した離れ屋の三室が、小清水屋右七とお香奈、お佐紀姉妹の部屋だった。

相模屋の番頭が離れ屋の廊下に座しているのですぐに部屋は分かった。

「お客様」

と番頭が言い、体をずらした。部屋の中から右七の、

「お佐紀、どういうことか。この鎌倉まで来て、お香奈がいなくなるとはどういうことか。今津屋さんにも儀左衛門さんにもなんと申し開きしてよいか分からぬではないか」

とおろおろした声が聞こえた。

「御免くだされ、坂崎にございます」

障子の蔭ですうっと立ち上がる気配がして開かれた。開けたのはお佐紀だ。

「お邪魔してよろしゅうござるか」

「坂崎様、お入りください」

落ち着いたお佐紀の声に番頭が立ち上がって、

「なんぞ私どもがいたすことがございましたら、なんなりとお申し付けください」

との言葉を残し、離れ屋を去った。なにか事情を感じてその場を避けたのだろう。

磐音は虚脱した体の右七の前に座した。

「お香奈が文を残して消えました」

右七がかたわらの書状をぐいっと摑み、磐音に差し出した。

「それがしが目を通してよろしゅうござるか」

右七が頷く前にお佐紀が、

「坂崎様、お読みください」

ときっぱりした声をかけた。

「失礼つかまつる」

書き残された文は短いものだった。

「父上様、江戸へは参れませぬ、香奈の我儘をお許しください。香奈はこの世に生を受けなかったものと思し召し、小清水屋との縁を切ってくださいませ。後生にございます。

お佐紀、後々のことはお佐紀に凡てを任せます。どうか父上を、小田原に残された母上をよしなにお願い申します。香奈」

磐音が文を読み終えたとき、儀左衛門と由蔵が部屋に入ってきた。

「小清水屋さん、一体全体なにが起こりましたな」

と訊く由蔵に磬音は文を渡した。

由蔵が慌ただしく読み下し、

「なんということ……」

と洩らすと絶句した。

「お佐紀、そう遠くへは行ってはおるまい。お香奈を探し出し、首に縄を付けてでも連れ戻してきてくれ。そうでもせねば儀左衛門さんにも由蔵さんにも申し開きができん」

と呻くように声を絞り出した。

「お父っつぁん」

となにか言いかけたお佐紀に、

「探せ、探してくれ」

と右七が哀願するように頼んだ。

「分かりました」

お佐紀が部屋に戻る様子を見せてその場を離れた。

「老分どの、それがしも」

と由蔵に言い残すと、磬音は離れ屋から自分たちの部屋に戻り、大小を差し、袴を手早く身につけた。懐中物だけを手にして急ぎ相模屋の玄関に下りた。するとそこにお佐紀の姿があった。

「お佐紀どの、それがしも同道いたす」

一瞬、困惑の様子を見せたお佐紀が覚悟を決めたように頷いた。

二人は相模屋の門を潜り、若宮大路へと出た。

大路には漁師が旅籠へ魚でも運んでいった様子で空籠(からかご)を肩に海のほうへと歩き去ろうとしていた。

「お佐紀どの、あてがござるか」

お佐紀の首が激しく横に振られた。白い顔が泣き崩れそうになり、踏みとどまった。

「それがし、鎌倉の地理には不案内にござる。またお香奈どのがいかなる事情で鎌倉を去ろうとなされるか判然とせぬ。どちらに行けばよいものか」

「小田原城下に戻るなら江ノ島道へ、江戸に向かうなら朝比奈の切通しにございます」

「お佐紀どのはどちらと思われますな」

「小田原に戻るとは到底思えません」

「ならば朝比奈の切通しに参りましょうか」

お佐紀がほっとした表情で頷いた。

二人は朝靄の流れる鎌倉から、磐音らが昨夕通ってきたばかりの朝比奈の切通しに向かった。

「お佐紀どの、忌憚なくお伺いいたす。お香奈どのの失踪の理由にお心当たりがござろうか」

お佐紀の顔が磐音に向けられた、それには隠し切れない苦悩の様子があった。だが、言葉は発せられなかった。

「それがし、鎌倉にてお香奈どのや儀左衛門どのと会うことを、昨夕建長寺に代参した後に聞かされました。この一件、今津屋吉右衛門どのは無論不承知のことにござる。もしお香奈どのに事情がおありになるのであれば、そして、そのことをお佐紀どのがご存じならば、お聞かせ願えまいか。由蔵どのも話の分からぬ仁ではござらぬ。己の胸の裡に収めて鎌倉の一件をなかったことにする度量も持ち合わせておられる」

お佐紀から答えは戻ってこなかった。

だが磐音は、お佐紀が胸の中で必死に葛藤していることを察していた。

「お佐紀どのは父御の心底を慮り、口を噤んでおられるか」

磐音は肩を並べてちらりとお佐紀の顔を見た。白い顔がほんのりと紅潮して、迷いは極限に達していると思えた。

「父御はただ今混乱なさっておられる。だが、時節が経ち、落ち着きを取り戻されれば、お香奈どのの身を案じられ、幸せを願われよう。それが父親にござる」

「坂崎様は父の気持ちが分かると申されますのか」

お佐紀が切り口上に問うた。

「心から分かっているとは言えまい。だが、それがしもまた親に背いた者ゆえ、父の気持ちが、右七どのの困惑が分かるような気がいたす」

「坂崎様がお父上に背かれた理由とはなんでございますか」

磐音はしばし考えた末、正直に話すことにした。それが、今お佐紀の信頼を勝ち得るただ一つの途と信じたからだ。

磐音は藩の名こそ出さなかったが、二人の友と一緒に藩改革の意気込みに燃えて帰国した夜に襲いかかった悲劇を、敵方の罠にかかり友との死闘を余儀なくされたことを、自らの脱藩を、河出家と小林家の没落を、それに関わって許婚の奈緒の流転の人生などを語り聞かせた。

話が終わったとき、二人は朝比奈の切通しの入口に辿りついていた。朝靄の水辺には今日も水仙が白い花を咲かせていた。だが、お香奈の痕跡の断片すら窺えなかった。

「坂崎様」

思いつめたようなお佐紀の声が響いた。

「先ほどは失礼なことを申し上げました」

「なんのこともござらぬ」

「失礼ついでにもう一つお尋ねしてようございますか」

「なんなりと」

「奈緒様と会いたいと思われませんか」

「お佐紀どの、幼少の砌(みぎり)より夫婦(めおと)になると誓うてきた仲にござる。それを、祝言(しゅうげん)を明日に控えたときに、藩騒動が引き裂いたのでござる……」

「なら、なぜ会おうとなさらぬのですか」

「奈緒どのは生きながら別の女に変じました。もはやそれがしには手の届かぬ女。日本一の遊里、吉原の白鶴(はっかく)と申す太夫にでござる。白鶴の生きる江戸で白鶴の幸せを祈って生きると、それがしは心を固めました」

「なんというお方にございましょう」

磐音から視線を外したお佐紀は切通しの頂きを見つめた。

その向こうには六浦道が、金沢道が、そして、江戸へと続く東海道が延びていた。

（お香奈どのが辿った切通しか）

「坂崎様、間に合うかどうか急ぎましょう」

お佐紀がふいに言い、今来た道をくるりと引き返し始めた。

磐音も肩を並べた。するとお佐紀が話し始めた。

「姉は十五で行儀見習いのために大久保家に奉公に上がりました。今では殿様の忠顕様とご正室お軽(かる)の方様の信頼厚く、お二人のお側にお仕えしておりました。その姉が突然宿下がりを願って家に戻ってきたのは、四月(よつき)ほど前のことにございます。父も私どももなんぞ姉の身辺に事情あっての宿下がりと推量はつけたものの、主家の内紛に関わることならばと、訊くことを躊躇(ためら)っておりました。大久保家も、ご多分に洩れず内所は苦しいと聞いております。それが原因(もと)でご家臣方が複雑に対立しておられるとも承知しております」

お佐紀は大久保家の内情を語り始めた。

「姉が家に戻って十日もした頃、法恩寺に墓参りに行きたいと申して外出をいたしました。その後、私は父の用事で風祭に参りました。そのとき、姉の姿を風祭の早川河原で見かけたのでございます。姉は家中の方と思えるお武家様と一緒でした。その様子は遠目にも幸せに溢れているように見えました。そのお方が、御近習二百三十石大塚左門様と分かったのは、偶々のことからです。奥方様の遣いと申されて朋輩衆とご一緒にしばしば見えられるようになり、姉と話し込んでいかれるようになりました」

「奥方様の御用、とな」

「それは方便にございましょう。大塚様は藩改革派と目される方で、お仲間とともに小清水屋を会合の場所として使っておられたのだと思います」

「ということは、お香奈どのと大塚どのは同志ということでござるか」

「それもあったかもしれません」

お佐紀が顔を傾げた。

「集まりに託けて姉と大塚様は会っていたのだと思います。ひと月も前、お城で改革派が断罪されるという噂が流れ、大塚様方の集まりも自粛されておりました。そんな最中、伊勢原の儀左衛門様から今津屋様のお話が持ち込まれたのです。父は大変乗り気でした」

「こたびの失踪は大塚どのに関わりがあると思われるのだな」

お佐紀は頷いた。

「昨夕、姉は海を見たいと独り散策に出ました。その散策から戻った後、姉には迷いと動揺が見受けられました。おそらくなんらかの下相談をした末に姉は鎌倉に参り、後を追ってきた大塚様と会ったものと思われます」

磐音が頷いた。

「こう申すと、姉が不埒にも今津屋様の一件に事寄せて、二人で道行を考えたと思われるかもしれません。ですが、父の気性を考えると、この方法しかなかったかとも思います。姉は姉で考え抜いた末に決心したのでしょう」

「大塚どのはお香奈どのと一緒になるために脱藩なされたのであろうか」

「大塚様と姉が小田原城下で暮らすことは無理にございましょう。父は決して許しませぬ」

磐音は頷き、訊いた。

「お佐紀どのは、ただ今どちらに参ろうとなさっておられるか」

「大塚家と縁の寺がこの鎌倉にございます。扇谷山海蔵寺にございます」

とそのことを調べたふうのお佐紀が答えた。

「坂崎様、父は姉の首に縄を付けてでも連れ戻せと命じました。私には分かりません。どうすればよろしゅうございましょうか」

「お佐紀どのから話を聞いて、この話はなかったことにするのがよろしかろうと考えます。だが、由蔵どのや儀左衛門どののお立場もある。一旦、相模屋に戻られ、お香奈どのが右七どのと虚心にお話し合いなさるのがまず大事かと思われるが」

「先にも申しましたが、父は簡単には許しますまい。となると姉は大塚様と暮らすことなど叶わぬ話にございます」

磐音も二人に会って今さらどうなるものかと迷っていた。

「今津屋様には納得していただけましょうか」

「主の吉右衛門どのはご存じなきこと、それはそれで済みましょう」

二人は心に迷いを持ったまま、岩船地蔵堂の辻を海蔵寺へと上がっていった。

「お佐紀どの、そなたはお香奈どのがこのような行動をとられるやもしれぬと、こちらに参られる前から疑念をお持ちであったか」

「疑念がないと申せば嘘になりましょう。ですが、姉が実際にこのような大胆な行動に出るなど、いまだに信じられません。姉は幼い頃から父の申すことは素直に聞く気性にございましたから」

「お佐紀どのがお香奈どののお立場ならば、同じことを考えられるか」

「さてどうでしょう。姉は十五から武家奉公に出て、私どものような町屋の考えとは異なったものを身につけたようです。私には考えられないことにございます」

扇ガ谷に海蔵寺の山門が見えてきた。

枯れた萩が両側から垂れる石段を上がると、建長五年（一二五三）に藤原仲能が建立した七堂伽藍の跡に、足利氏満が上杉氏定に命じて応永元年（一三九四）に再建させた寺の本堂が聳えて見えた。

二人は庫裏に向かった。

納所坊主がお佐紀と磐音の姿を見て、

「大塚左門様を訪ねて参られたか」

といきなり訊いた。

「大塚様のところに、私の姉が訪ねて参ったでしょうか」

「そなたの姉御か。お二人は長いこと話し合われていたが、最前、寺を出て行かれましたぞ。今頃は亀ヶ谷坂の切通しにかかった頃か」

お佐紀が礼を述べた。

「その直後、小田原藩の若い家臣方が血相を変え、木刀を携えて大塚様を訪ねて来られた」

「小田原藩の方々が」

「剣呑なことです。なにもなければよいと思うていたところに、今度はそなた方が見えられた」

お佐紀は磐音に頷き返すと、今来た道を走りだした。

磐音も直ちに続いた。

四

鎌倉は相模灘に面した南が海に向かって開けていた。だが、残りの三方は山に囲まれていた。古来、鎌倉は山襞を造成することで都市のかたちを整えてきたのだ。

それゆえ人造の切通しと谷戸が多く見られた。

谷戸は谷地のことで、俗に、

「谷戸六十六」

と呼ばれていたが、実際は百を超えていた。

海蔵寺のある扇ガ谷をはじめ、佐助ガ谷、比企ガ谷、胡桃ガ谷、紅葉ガ谷、釈迦堂ガ谷などが主なものとして挙げられ、これらの谷戸に寺社が点在していた。

また山に守られた要害都市に物資を通すために切り開かれた道が、

「切通し」

であった。この切通しの代表が、

「七口」

あるいは、

「七切通し」

と呼ばれた化粧坂、大仏坂、巨福呂坂、朝比奈坂、名越坂、極楽寺坂、そして、亀ガ谷坂の七つであった。

大塚左門と小清水屋のお香奈が落ちていこうとする亀ガ谷の切通しは、山ノ内と扇ガ谷を結び、鎌倉から武蔵国へと通じる往還路であった。亀さえも登り切れずひっくり返るというので亀返坂とも呼ばれた。

お佐紀と磐音が亀ヶ谷坂の切通し下に辿りついたとき、切通しの上から争う声が降ってきた。

お佐紀が走りだそうとした。

「お佐紀どの、争うにはちと間がありそうだ。ひょっとしたら大塚どのとお香奈どのの失踪の原因が摑めるやもしれぬ」

と言いかける磐音にお佐紀がなにか抗しかけ、最後は小さく頷いた。

「大塚、そなたは一人小田原藩政改革派を抜けて、道行か」

「そうはさせぬぞ。そなたはわれらと血盟を交わした仲、秘密も共有しておるでな」

「この大事にお香奈どのと手に手を取り合うて逐電か、呆れ果てたぞ」

「それればかりではないわ。われらが藩政改革のために蓄えた金子が減っておる。女との道行に横領するなど許せぬ」

と次々に糾弾する声が上がった。さすがに最後の糾問には大塚が色をなしたか、

「小久保、嘆かわしいことを申すでない。金銭の出入りはすべて帳簿に残して、残金も帳簿の数字とぴたりと合うておる。そなたらが落ち着いて一目すればすぐに納得いたすはず。それがしが同志を抜けたからと申せ、ちと言語道断、無礼だ。

礼儀を知れ」

「大塚左門、小田原藩の改革派が危機に瀕した背後に裏切り者の画策があると、密かに風聞が城の内外に流れておる。どうやらそなた、重臣方にわれらを売り、一人のうのうと道行と洒落おったな」

今まで会話に加わらなかった嗄れ声が詰問した。

「吉村作太郎、そなただけは、それがしの気持ちを分かってくれると思うたが……」

一旦言葉が途切れた。

「そなたとそれがしとは竹馬の友、互いの胸のうちまで承知し合うていたはずではなかったか。それがしがそなたらを裏切った末にお香奈どのと逐電いたすかどうか、分からぬそなたでもあるまい」

「この期に及んで言い訳がましいわ。今のそなたがすべての真実を告げておるではないか。二人だけいい思いはさせぬ」

と嗄れ声が叫んだ。

「そなた、おれを斬るというか」

「おおっ、命まで取ろうとはいわぬ。だが、手足をへし折り、同志を裏切った罪科を天下に知らしめる」

お佐紀が七曲がりの切通しへとゆっくり歩きだした。

磐音がすぐ後に従った。するとお佐紀が、

「吉村作太郎様は、大塚様とおなじ御近習衆のお一人。姉に何度か付け文をなされて思いを告白されたお方にございます」

磐音は、小田原藩の藩政改革に絡んで大塚左門とお香奈が行動を起こしたというより、お香奈を巡り、何人かの藩士たちが横恋慕した末の行動かと理解した。

そのきっかけが今津屋吉右衛門との縁談話であったということであろう。

「吉村どのと大塚どの、剣の腕前はどちらが上か、お佐紀どのはご存じか」

「吉村様は心形刀流藩道場の師範代、大塚様は武術よりも書道和歌に長けたお方にございます」

相分かったと磐音が返事したとき、

「吉村様、大塚様をお斬りになるならば、このお香奈を一緒に斬ってくだされ」

お香奈の切迫した声が切通しに響き渡った。

磐音とお佐紀は最後の曲がりを回った。すると木の葉隠れに、お香奈が大塚左門の前に両手を広げて立ち塞がるのが見えた。

対決する切通しには木漏れ日が洩れ、足元には白い水仙が花を咲かせていた。

磐音は、昨日、朝比奈の切通しで由蔵と磐音を追い抜いていった武士と大塚が同一人物であることを知った。

大塚もお香奈も旅仕度だ。ということは二人が予(かね)てから考え抜いての行動と知れた。

「お香奈どのがそうお望みならば二人一緒に成敗してくれん」

大兵の吉村が剣を抜いた。すると仲間たちが木刀を翳して援護した。

「お香奈どの、この期に及んでは致し方ござらぬ。敵(かな)わぬまでも吉村の相手をいたします」

大塚がお香奈を自分の背に回そうとした。

「いえ、なりませぬ。吉村様と大塚様では最初から勝負の行方は知れております！」

お香奈がいやいやをするように顔を振った。

「お香奈どの、それがしも武士の端くれ、もはや決着は刀しかござらぬ。それがしの意地、お許しくだされ」

悲痛な叫びを残した大塚が剣の鞘を抜き放った。

お佐紀が駆けだした。

磐音が続いた。

対決する両者と連れの面々が、突然姿を見せた二人に視線を送った。

「お佐紀」

お香奈が狼狽の声を洩らした。

「姉様、なんという非礼をなされるのです。お父っつぁんの立場も面目も丸潰れ、それでお二人は幸せになるとお考えですか」

お佐紀の詰問にお香奈の顔が歪んだ。

「大塚様も、もそっと小清水屋の面目を保つ方策を講じられなかったのでございますか。今津屋様、儀左衛門様になんと言い訳なさるおつもりですか」

お佐紀の舌鋒は鋭かった。それは姉の行動に一片の理解を示しつつも、今津屋側の人間、磐音に聞かせる言葉でもあった。

「なんだ、おぬしら、戦いの場にしゃしゃり出てきおって」

出端をくじかれた感の吉村が叫んだ。

「吉村様、私を知らぬわけでもありますまい。出奔した姉を追ってここまで来たところで、この騒ぎにぶつかりました」

「ならばそなたも見物して参れ」

「吉村様、あなたには竹馬の友への憐憫(れんびん)はないのですか。そのようなお気持ちで、小田原藩の藩政改革が成し遂げられようとは到底思えません」

お佐紀の矛先が吉村に向けられた。

「佐紀、黙って見物しておれ。そなたの始末、その後につける」

吉村はそう言い放つと、

じりじり

と大塚の前に出た。

「およしなされ」

亀ヶ谷の切通しに長閑な声が響いた。

磐音がお佐紀を庇(かば)うように前に出た。

「何者だ。要らざるお節介をいたすと怪我をすることになる」

「幼き頃よりの友が斬り合うてはなりませぬ。そなたが勝ちを収められようと大塚どのに軍配が上がろうと、その怨念と哀しみは、残された者を永久(とわ)に苦しめることになり申す」

「小賢しくも説教いたすか。小久保、こやつを先に叩きのめせ」

と吉村が仲間の一人に命じた。

「おうっ」

と叫んだ小太りの武士が木刀を構えて、磐音の前に出てきた。

「城下を離れた鎌倉の切通しとは申せ、大久保家のご体面もござろう。白昼から木刀を振り回すなど児戯に等しゅうござる。おやめなされ」

冬の縁側で交わされるようなのんびりとした磐音の口調に苛立ったか、

「おのれ、児戯などと蔑みおって！」

と怒鳴るように吐き捨てると木刀を八双に立て、一呼吸置いた。

磐音はわずかに坂下四間あまりのところに静かに立っていた。

八双の木刀が天高く突き上げられ、引き付けられた。

その直後、小太りの体軀が剽悍な動きを示して、磐音に突進してきた。

間合いが切られ、木刀が磐音へと振り下ろされた。

その瞬間、磐音が、
するり
という感じで小久保の内懐に入り込み、振り下ろされる木刀の下に身を置くや体を捻りながら、木刀を持つ腕を下から突き上げ、肩車に乗せて切通しの路傍に投げた。

どさり

と小久保の体が落ちて、

ううっ

という声を洩らして気絶した。

「おのれ！」

大塚に対峙（たいじ）していた吉村作太郎が磐音に攻撃の狙いを変えた。

磐音の手にはいつの間にか小久保から奪った木刀があった。

「吉村どの」

と呼びかける磐音に、

「問答無用、心形刀流の怖さ、あの世に行って知れ」

と言い放った吉村がじりじりと巨体を動かし、間合いを詰めてきた。

剣は脇構えに置いていた。

磐音は仕方なしに木刀を構えた。

さすがは小田原藩の藩道場の師範代を務めているだけに、重厚にして隙のない詰めだった。

磐音は正眼(せいがん)に木刀を置いたまま、切通しの長閑な陽射しと冷気の中に身を同化させていた。

坂上から攻める吉村が、間合い一間半に詰め寄った。

磐音は動かない。

吉村の巨体の腰がわずかに沈み、雪の壁が雪崩(なだ)れ落ちるように迫ってきた。

脇構えの剣が斜めへと斬り上げられた。

磐音の木刀が瀬を泳ぎあがる鮠(はや)のように躍って小手を叩いたのは、その瞬間だ。

あっ

と叫んだ吉村は立ち竦んだ。だが、さすがに痺(しび)れる小手にもめげず、今一度柄を両手で締め直して、磐音の喉(のど)元に必殺の突きを送り込んできた。

磐音はその動きを見極め、吉村の肩口を叩いた。

がくん

と腰が落ちて、巨体が磐音の足元に崩れ落ちた。

「おおうっ」

と叫んだ仲間たち四人が剣や木刀を構え直した。

「お手前方、これ以上の争いは無用にござる。吉村どの、小久保どのを引き連れて、小田原にお戻りあれ！」

磐音の凜然とした声が相手の動きを封じ込めた。なにしろ目前で磐音の手並みを見せられているのだ。頭分の吉村が倒された今、残された者たちは烏合の衆だった。

「諍いはこの切通しを下りたときに消え申す。よいな」

磐音の長閑な声に誘われるように四人が木刀や剣を引き、二人ずつに分かれ、吉村と小久保に肩を貸しながら、磐音とお佐紀が上ってきた坂下へとすごすごと姿を消した。

切通しに新たな沈黙が支配した。

「坂崎様」

お香奈が磐音に呼びかけ、

「今津屋様のお怒りを買うような真似をいたしまして申し訳ございません」

と頭を下げ、呆然としていた大塚が剣を鞘に納めるとお香奈を真似て、頭を垂れた。

「お香奈どの、大塚どのとお幸せにな」

「坂崎様、お許しをいただけるので」

「今津屋吉右衛門どのはご存じなき話。だが、そなた方の行動の蔭には、父御の右七どのや母御のお嘆きや哀しみがあることを忘れてはなるまい。そして、いつの日か早い機会の再会が実現されんことを願うており申す」

磐音は、もはや大塚とお香奈が右七に会ったところで哀しみが増すだけ、また小田原藩を脱藩した大塚の身を考えたとき、このまま行かせるのが最上の途と考えたのだ。

「お佐紀どの、よろしゅうござるか」

「坂崎様、このとおりにございます」

お佐紀が頭を下げ、磐音が頷き返すと、

「大塚どの、よいな。お香奈どのを必ずや幸せにしてくだされよ」

「坂崎どの、返す言葉もござらぬ」

「ささっ、これ以上面倒が起こらぬよう先を急がれるがよい」

磐音の言葉に大塚左門とお香奈が頷き合い、武蔵国へと通じる切通しの向こうへと姿を消していった。

「行かれましたな」

磬音は、自らとは違った人生を選んだ二人が消えた切通しのかなたに視線を預けながら考えていた。

峠の水仙が風に揺れていた。

「坂崎様、今津屋の老分番頭様にはどう言い訳なさるのでございますか」

「正直に申し上げる」

「正直にですか。父にそれが通じればよいのですが」

お佐紀は呟くと、二人が消えた道の先を今一度見た。

二人が相模屋に帰ってきたのは昼過ぎのことだった。

「どうであった、お佐紀。お香奈の行方は摑めなかったのか」

右七の問いに、

「お父っつぁんに申し上げたきことがございます。佐紀の話、どうか心静かにお聞きください」

とお佐紀が頼んだ。

「なにをいまさら断ることがある」

磬音が、由蔵と儀左衛門に目顔で離れ屋からの退室を願った。二人は父と娘だけにしたほうがよいとの磐音の判断に素直に従った。

「なにがあったのです、坂崎様」

由蔵と磐音の部屋に落ち着いたとき、儀左衛門が待ちきれぬというふうに訊いた。

磐音はお佐紀に約束したとおりに、二人に朝から起こった見聞やお佐紀から聞いた話などをありのままに告げた。

「なんということ」

と悲鳴を上げた儀左衛門が、

「吉右衛門どのにもお艶にも顔向けできぬ」

と茫然(ぼうぜん)自失した。

由蔵は、

「儀左衛門様、旦那様はご存じなきこと。私どもが口を噤めば……」

「由蔵さん、この私が承知です。どのような顔をして吉右衛門どのに」

「それはそうにございますが」

と応じた由蔵が、

「お香奈様に相愛の方がおられたとは、喩えは悪いが逃した魚は大きかった」

とちらも愕然としていた。

その由蔵が磐音を見て、

「坂崎様、帰り旅が思いやられます」

と嘆いた。

「儀左衛門どの、それがし、お尋ねしたきことがございます」

「なんなりと」

どことなく投げ遣りの儀左衛門が虚脱した顔を磐音に向けた。

「妹御のお佐紀どのには、どなたかお決まりの方がございましょうか」

儀左衛門が、

「なんと申されましたな」

と問い返し、由蔵が顔を上げた。

「それがし、朝からお佐紀どのにご一緒させていただき、その聡明さと情の深さと平静ぶりに感服いたしました。今津屋のような大店の奥を仕切る内儀は、お佐紀どののような方が相応しいかと思うたまでにございます」

由蔵と儀左衛門が顔を見合わせた。

「あいや、誤解なきように申し上げます。姉上が駄目ゆえ、妹御を今津屋どのにと安直に考えたわけではございませぬ。お佐紀どののお人柄に感心したゆえの問いにございます」

「そういえば、小清水屋を実際に切り盛りしてきたのはお佐紀さんじゃ。私としたことが姉様にばかり目がいって、ついうっかりとしていましたわい」

とぽーんと膝を叩いて、由蔵を見た。

「私どもは一人を失い、もう一人を得たのでございますかな」

「善は急げ。私が右七さんとお佐紀さんに正直に聞いて参りますぞ」

と立ち上がった。

部屋に残された由蔵が磐音に、

「一旦小田原藩のご家来に心を寄せた方を、旦那様の嫁にとご推薦できようか。うんうん、確かに妹御のほうが商家の嫁にはなんぼか打ってつけですぞ、坂崎様」

と言うと、落ち着きなく部屋の中をうろうろと歩き始めた。

第三章　師走の騒ぎ

一

今津屋の老分番頭の由蔵と坂崎磐音が六郷川の渡し舟に乗ったのは師走も半ば、刻限は七つ半（午後五時）を過ぎていた。

川は暮色に包まれ、河原の枯れ芒は昨夜来の霜が凍てついてそのまま残り、再び寒さをその上に纏おうとしていた。

「江戸に戻りつきましたよ」

由蔵の言葉にはしみじみとした安堵の想いがあった。むろんその語調に含まれていたのは、難儀の後に大事を成し遂げたという安心感であった。

あの日、小清水屋の右七とお佐紀、それに仲人役の赤木儀左衛門、さらには江戸から鎌倉へと代参を名目に旅してきた由蔵と磐音が加わり、改めて話し合いを持った。

由蔵と磐音が離れ屋に呼ばれたとき、お佐紀の面は、濃い困惑と憂愁の表情に包まれていた。

「おおっ、由蔵さん、坂崎様、見えられたか。ただ今情誼を尽くして小清水屋さんにお願いした。小清水屋さんはまさか姉の代わりに妹に話が向けられようとは考えもしなかったと申されてな」

儀左衛門が言い、由蔵が、

「それはそうでございましょう」

と相槌を打った。

「いえ、お香奈を江戸の今津屋さんに嫁にやってもよいと考えたのは、小田原にお佐紀が残ってくれるという思いがあったからですよ、お佐紀まで手放すことなど夢にも思っておりませんでした。うちはまだ長男が十四歳と幼うございます。それまではお佐紀がうちの切り盛りをしてくれると私は勝手に考えておりましたのです。しかし、この話になったのも、元はといえばお香奈が不始末をしでかし、出奔したからです」

右七の心は千々に乱れていた。

磐音は当のお佐紀に視線をやった。

矛先を向けられたお佐紀自身が一番平静を保っているように見えた。だが、内面では必死に模索する様子が窺えた。

「お佐紀どの、それがしの発案にてそなたの心を惑わせて申し訳ない。心を決する前に一つだけ聞いていただきたいことがござる。姉上が不始末をしでかしたゆえに人身御供になるなどとは、努々考えずにいただきたい。それがし、半日、そなたと行動をともにし、そなたこそ今津屋吉右衛門どのに相応しき方と感じ入ったゆえの申し出にござった」

真摯に話す磐音をお佐紀が正視した。

「それがし、吉右衛門どのの人物をよう存じており申す。徳川の幕藩体制が敷かれて百七十年余、武士の中にも吉右衛門どのの商人としての的確な判断と度量、人間としての深い情愛や信頼を兼ね備えた方はとんと見当たらぬ。奉公を辞めたそれがしが市井に暮らすことができるのも、偏に吉右衛門どのにお目にかかれたことが大きゅうござる」

由蔵が頷いた。

「吉右衛門どのを助け、今津屋の大所帯を支えるお内儀には、お佐紀どのが相応しいと、それがし考えた末のことでござった」

「坂崎様、あなた様のお気持ち、よう分かりましてございます」

「おおっ、分かってもらえましたか」

と磐音に代わり、叫んだのは由蔵だ。

「姉のことを考えないわけにはいきません。ですが、お父っつぁんが申したように、小清水屋のために弟を助けて小田原に骨を埋めると、漠として考えておりました。しばし考えをまとめる時をいただけませんか」

「むろんのことにござる」

と答える磐音の脇から儀左衛門が、

「お佐紀さん、仕切り直しして何か月も何年も待たねばならぬのかのう」

と困惑の表情で問うたものだ。

「儀左衛門様、長くとは申しませぬ。今晩、お父っつぁんと二人で話し合います。その結果次第では明日半日いただき、私一人で最後の決心をつけとうございます」

ときっぱりと言い切った。

磐音は安堵した。

瓢簞（ひょうたん）から駒（こま）が飛び出したような話だが、脈はあるとお佐紀の返答に感じたからだ。

「坂崎様、あなた様が申し出られた話にございます。明日の夕刻前、鶴岡八幡宮の拝殿の前にお越しください。ご返事を申し上げます」

「承知いたした」


翌日、朝から寒い日だった。

霜が下りてその日一日寒気が続いた。

八つ半（午後三時）の刻限から磐音は拝殿前に待った。半刻（一時間）後、姿を見せたお佐紀はどこかさばさばとした顔付きをしていた。

拝殿の横に老梅の木があった。

その枝に早咲きの白梅がぽうっと咲いていた。

お佐紀は白梅の凛然とした姿にも似て、花から立ち現れたかという錯覚を磐音に覚えさせた。

「坂崎様、身内を顧みず、藩まで捨てる姉と大塚様の無鉄砲さが、羨ましくはありませんか」

磐音は返答に迷った。

「坂崎様は奈緒様と手に手をとって逃げられなかった。お父上のこと、藩のこと、また亡くなられた幼馴染み(おさななじ)のことなどを考えられてのご決断にございましょう。人は様々です、姉のように一途(いちず)になる道を選ぶ者もいれば、坂崎様のように考え抜いた末に辛(つら)く苦しい道を選ばれる方もおられます」

「お佐紀どの、そなたはどちらの道を選ばれましたな」

「江戸に出てみようと思います」

「よう決断なされた。お佐紀どのを落胆させたり、哀しませたりすることだけはなきよう、由蔵どの方が工面されることでしょう」

「お願い申します」

お佐紀はきっぱりと言い切った。

「あとは旦那様の説得だけです。由蔵、死に物狂いで申し上げます」

「おそらく、お佐紀どののご決心と老分どののお気持ち受け止めていただけようかと思います」

渡し舟がとーんと当たって日が没した河原に着いた。

「老分どの、駕籠を雇いませぬか」

と磐音が言うと由蔵も素直に、

「そうさせてくだされ」

と受けた。

磐音は由蔵を乗せた駕籠のかたわらをひたひたと歩いた。もはや駕籠の由蔵と話すこともなかった。

霜夜の道が江戸に延びていた。

磐音は、吉右衛門の説得をどう切り出してよいものか、駕籠の中で由蔵が一人悩んでいるであろうと推察した。

米沢町の今津屋に戻りついたとき、表戸は下りていた。だが、通用口は開いて灯りが外へと洩れていた。どうやら店を閉じたばかりで、中ではまだ一日の帳簿整理などが行われている様子だ。

「ただ今戻りました」

と由蔵が通用口を潜ると、

「老分さんのお帰りですよ」

「ご苦労さまにございました」

と大勢の奉公人たちが出迎えた。

「暮れの忙しいときに留守をしまして、皆さんには迷惑をかけましたな。お蔭さまで、鎌倉にてお内儀様の菩提を弔って参りました」

と報告するところへ、

「お帰りなさい」

とおこんが言い、背後から女衆たちが漱ぎの湯が入った桶を運んできた。

二人は挨拶もそこそこに、旅塵を漱ぎ落としておこんの差し出す手拭いで拭った。

「店は大事ありませんか」

由蔵がまずそのことを気にした。

筆頭支配人の林蔵が、

「旦那様のお力を借りてなんとかやって参りました。後ほど帳簿を見ていただきますが、差し当たって老分さんの差配を受けることはなかろうかと思います」

「それならば一安心」

「老分さん、坂崎様、まず旦那様にご挨拶を」

おこんに言われて二人は店から奥座敷へと通った。

吉右衛門は相場役の久七の差し出す帳簿を見ていたが、

「おおっ、戻られたか」

と膝の上の帳簿を閉じると、

「久七、この続きは明朝、老分さんに報告なされ」

と店へ下がることを命じた。

久七と一緒におこんが一旦姿を消した。

「旦那様、建長寺の代参、無事に終えましてございます」

由蔵は仏間の位牌に線香を手向けたいと願い、磐音ともども仏間に入ると灯明を点し、線香を上げて、旅の無事を今津屋の先祖に感謝した。その上でお艶の霊前に諸々を報告し、許しを乞うた。

由蔵が長い瞑目を終えたとき、おこんが膳を運んできた。

「夕餉を食しながら旅の話を旦那様にご報告くださいな」

と言いかけるおこんの語調が、どこかいつもの歯切れのよさがないように磐音には思えた。

膳が三つ揃い、熱燗の酒をおこんが酌をした。

「酷寒の師走に老分さんを鎌倉まで煩わせて申し訳ないことでした。これで私も一安心しました」

と吉右衛門が改めて労いの言葉をかけ、三人はゆっくりと酒を飲み干した。

「それにしてものんびりした旅でしたな」

「久々の旅にございます。私の足がなかなか進まず、坂崎様にご迷惑をかけてしまいました。旦那様、私もそろそろお暇の時期にございましょうかな」

「いいえ、今津屋の老分さんがそのような弱気でどうなさる」

と答えた吉右衛門がおこんに空の盃を差し出し、

「これは気がつかないことにございました」

と慌てておこんが酒を注いだ。

それを悠然と口に運びかけた吉右衛門が、

「ところで儀左衛門様はご壮健でしたかな」

「はいはい、儀左衛門様はお達者にございましたよ」

と何気なく答えた由蔵が俄かに狼狽し、

「な、なんと旦那様は、鎌倉で儀左衛門様と会うことをご存じで」

「老分さんが暮れにきてお艶の代参に鎌倉に行きたいと言い出したときから、なんぞあるとは思うておりました。おまえ様方が旅立たれた後、おこんを問い質して事情を知りました。老分さん、これでも私は今津屋の主、奉公人の思惑くらいは見抜けますでな」

「恐縮にございます」

手にしていた盃を取り落とした由蔵が畳に白髪頭を擦り付けようとするのへ、

「お待ちなされ」

と吉右衛門の厳しい声が飛んだ。

由蔵の動きが止まった。

「老分さん、私はそなたの心遣いを怒っているのではありませんよ」

「はっ、はい」

「今津屋と私を案じてくれる気持ちを有難く思うております」

「旦那様」

と絶句した由蔵におこんが、

「老分さん、すいません」

と謝った。

頷き返す由蔵をよそに、平静を保つ吉右衛門の視線が磐音に行き、

「坂崎様、私の後添いは決まりましたか」

と笑みを含んだ顔で訊いた。

「今津屋どの、老分どのに代わってご報告いたします。俗に三国一の花婿花嫁と申しますが、お佐紀どのはまさに三国一の花嫁と申し上げてようございましょう」

「おこん、聞いたか。普段大言なさらぬ坂崎様がこうまで申されましたよ」

と吉右衛門が笑い、おこんが、

「詳しく話してくださいな」

と頼んだ。

磐音は由蔵の許しを得んと見た。すると由蔵が、

「坂崎様、私は先ほどの旦那様の言葉がまだ響いて立ち直ってはおりませぬ。またこの経緯をすべて承知なのは坂崎様にございます、旦那様とおこんさんに詳しくお話しくだされ」

「では、それがしが……」

磐音は盃に残っていた酒を飲み干して喉を潤し、鎌倉での騒ぎと新たな展開の

一部始終を物語った。

磐音の話が終わった後、吉右衛門もおこんもしばしなにも言葉を発しなかった。

「旦那様、決して姉が駄目ゆえ、妹をと安直に考えたわけではございません」

と必死に由蔵が抗弁した。

「老分さん、そのようなことは思うておりませんよ」

と苦笑いした吉右衛門が、

「それにしても私の後添い取りは大騒動でしたな」

「今津屋どの、生みの苦しみが大きいほど丈夫なお子が生まれるとも申します」

「今日の坂崎様は、喩えが多うございますな」

「はい、正直申して月下氷人の下働きは初めてのこと、仲人口に困っております」

「おやおや、申されますな」

「その代わり、お佐紀どののお人柄はこの坂崎磐音が保証いたします」

「旦那様、私も同じにございます」

「驚きました。老分さんと後見さんは、鎌倉で狐にでも騙されてきたような口ぶりですぞ、おこん」

おこんが男たちの盃を満たした。

「お二人のお眼鏡(めがね)にかなったお佐紀様に、一刻も早く会いたいものです」

「おこんさん、お香奈どのの予期せぬ騒ぎがあったゆえ、それがし、お佐紀どのと行をともにし、そのお人柄に魅了されたのでございます。亀ヶ谷の切通しでお香奈どのと大塚どのに追いついた折り、姉の短慮を厳しく問われながらもその行く末を心から案じておられる様子が、それがしには見てとれました。険しさと優しさ、気配りと鷹揚さ、思慮と分別を持たれた素晴らしき女性(にょしょう)にござる。なにより東海道の要衝、小田原宿の脇本陣を切り盛りしてきたお方ゆえ、今津屋にはうってつけかと思います」

「驚いた、坂崎さんがこんなにも女の人を褒(ほ)めるなんて」

「おこんさん、それはお佐紀どのを知らぬからだ」

吉右衛門は磐音とおこんの会話を黙って聞いていた。

その吉右衛門の口から思わぬ言葉が洩れた。

「姉は水仙、妹は白梅、ですか」

「なんの話にございますか、旦那様」

由蔵が問うた。

「坂崎様のお話を聞いていると、姉のお香奈さんを水仙に喩えられ、妹のお佐紀さんを白梅の分身のように話されましたのでな」

由蔵がぽーんと膝を打ち、

「確かに。ですが、旦那様、水仙の君は幻のように切通しの向こうに姿を消しましてございます。よくよく考えれば、お香奈様はお佐紀様をお膳立てするために舞台に立たれたような気がいたします」

「ほんにそのように思えてきました」

「おこんさん、今だから言えるが、お香奈様が大塚様と手に手を取って鎌倉から出奔したと聞かされたとき、私も儀左衛門様も魂を飛ばし、腰が抜けたようで、首でも括りたくなりましたよ」

「こういうことを、災いを転じて福となす、というのでしょうか」

「そうであらねば困ります」

由蔵が吉右衛門の顔を見た。

「老分さん、そなた方に気遣いをさせて申し訳ないと思うております。加えて、儀左衛門様にまで心労をおかけしたこと、私一人がいつまでもお艶の供養をと言うことは許されますまい。一つお願いがございます」

「なんでございましょう」

「私がまずお佐紀さんにお会いして、お互いが偕老同穴の思いを抱いたとき、話を進めましょう」

「はっ、はい」

「ですが、お艶の三回忌は済ませたいと思います」

「来春にでもお佐紀様に江戸に出ていただき、お見合いの手筈を整えてようございますか」

「お願い申します」

磐音とおこんは思わず顔を見合わせ、にっこりと笑い合った。

「まずは目出度い」

磐音の言葉におこんが、

「ただ今、熱燗をお持ちします」

と座を立った。

今津屋の奥座敷では男たち三人が、それぞれ異なった熱い思いを抱いて黙りこくっていた。

二

本所北割下水にある品川家の縁側では、幾代が独り黙々と正月飾りを作っていた。むろん屋敷に飾るものではない。内職の品だ。

御家人とはいえ、七十俵五人扶持ではのうのうと暮らしが立つわけもない。親父どのは大身旗本の供揃いに身分を隠し加わって日給を得、幾代が内職し、次男の柳次郎もあれこれと小まめに日雇い仕事をして体面を保っていた。

昨日までの寒さとうって変わり、小春日和の陽射しが縁側を照らしていた。

幾代の周りには松、注連縄、橙、裏白などが散っていた。

磐音はその横顔がどこか沈鬱であるかに思えた。

壊れかけた枝折戸から、

「幾代様、お久しぶりにございます」

と声をかけた。

昨夜は今津屋に泊まり、早朝に起きて宮戸川の仕事に回った。それが終わって品川家に立ち寄ったのだ。旅仕度のままだ。

「まあ、坂崎様ですか」

冬枯れの時期、品川家の菜園には緑のものは見えなかった。その代わり、橙が黄色に色づいて枝にぶら下がっていた。

「今津屋どのの御用で鎌倉まで出ておりました」

「それはご苦労にございましたな」

磐音は背中の道中嚢とは別に風呂敷で負うた荷を下ろし、中から鎌倉彫の牡丹紋四方盆を出した。

「鎌倉にて求めたものです。使っていただけませぬか」

磐音は御用で休んだ宮戸川に土産を買ったついでに幾代の分も求めていた。

「まあ、これが有名な鎌倉彫にございますか。使えば使うほど色が引き立ち、風合いが増すと申します。坂崎様、わが倅以上に心遣いをいただき、まことに有難いことです」

「その倅どのはどちらかにお出かけですか」

「そのことですよ」

幾代が磐音のほうへ身を乗り出してきた。

「数日前、内職の品を問屋に納めに行った帰りに声をかけられたとか。ちと厄介な仕事ながら稼ぎになると申し、翌日から出かけています。ところが一日目は夜遅くたくたの顔で戻ってきましたが、次の日からは泊まり込みとかで、この三日ばかり留守なのですよ」

「暮れにきて大仕事を受けられたかな」

「それが、どういう仕事かもはっきりしないのです。確かに暮れにきてあちらこちらの付けを払わねばならぬのですが、怪しげな仕事でなければと案じております」

「その仕事、いつまで続くのです」

さて、と首を傾げた幾代が言い添えた。

「なんでも上方からの船の荷下ろしとか。それ以上のことはなにも」

顔の表情が曇っていたのは柳次郎のことを思ってのことだったようだ。

「竹村さんと一緒ではないのですか」

「そのあたりも判然といたしません」

「幾代様、帰り道です。竹村さんの長屋に立ち寄り、品川さんの仕事のことを訊いてみます」

磐音は鎌倉彫を包んでいた風呂敷を畳んで懐に入れた。

「坂崎様、お茶も出さずにこちらの用事ばかりを押し付けて相すまぬことです」

と白髪混じりの頭を下げる幾代に、

「なんぞ分かったらすぐに知らせに参ります」

と品川家の縁側から枝折戸に向かった。


南割下水吉岡町の半欠け長屋には賑やかな子供の声と竹村武左衛門のくさくさとした胴間声が響き渡っていた。

「そなたら、もう少し静かに過ごせぬのか」

干された洗濯物の下を潜り抜けた磐音の目に、開け放たれた長屋で傘張りの内職に精を出す武左衛門と勢津の姿が映った。

「竹村さん、お元気の様子ですね」

「おや、福の神が舞い込まれたかな。なんぞ稼ぎのよい仕事はござらぬか」

「これ、おまえ様、坂崎様は口入屋の番頭ではありませぬ」

勢津が慌てて言いかけたが、武左衛門は平気の平左で、

「なに、心の友には遠慮がいらぬものじゃあ。旅仕度のようだがどちらかにお出かけか」

「いえ、昨夜、今津屋どのの御用で出かけていた鎌倉から戻ったところです」

「今津屋の御用ならば日当がよいからな。いいな」

と羨ましがる武左衛門に苦笑いした磐音が、

「品川さんの仕事先をご存じないですか。この数日、泊まり込みの仕事とかで、母御が案じておられるのです」

と前置きして事情を話した。

「上方からの船の荷下ろしに泊まり込みとは、ちと怪しげな仕事だな」

「やはり竹村さんもそのように思われますか」

「日当がいくらか知らぬが胡散臭いな。よし、それがしが心当たりを探してみよう」

武左衛門は糊のついた刷毛を置き、前掛けを外した。

「おまえ様、内職を途中で放り出していかれるのですか」

「勢津、考えてもみよ。友の危難に動くは朋輩として当然のことじゃぞ」

「私には、品川様に事寄せて長屋を逃れ、帰りにはどこぞに立ち寄られるような気がします」

「飲み屋に立ち寄るほどの持ち合わせもないわ。柳次郎の仕事先を探すだけだ」

と目顔で磐音に早く出よと催促した武左衛門は、着流しの腰に塗りの剝げた刀を差し込んだ。

「勢津どの、竹村さんを誘いに来たようで相すまぬことです」

「元々内職の手には数えておりませぬ。それになんのかんのと理由を付けては外へ出ていかれます」

と勢津が諦め顔に言うのに恐縮した磐音は再び洗濯物の下を潜って、南割下水の路地を出た。

「どこぞ目当てがありますか」

「蛇の道はへび。本所深川界隈の仕事ならば知らぬものはない武左衛門にお任せあれ。そなたは六間湯に参り、旅の垢と鰻の臭いを流されるがよい」

武左衛門はどうやら一人で探す気のようだ。

「お任せしてよいのですか」

「かまわぬかまわぬ」

と顔の前で片手をひらひらさせた武左衛門は、

「しかしながら、このような探索にはなにかと小銭がいるものでな。それがし、手元不如意で動きがつかぬ。少し用立ててもらえぬか」

と手を差し出した。

磐音は財布から一分金を出した。

「これで間に合いますか」

「一分か、当座はよいが」

武左衛門は嬉しそうに受け取った。

品川柳次郎探しを名目に武左衛門に酒代をたかられたようだ。

「大船に乗った気でな、長屋で吉報を待っておられよ」

武左衛門はその場に磐音を残すと、横川の方角へひょこひょこと姿を消した。

磐音は仕方なく西側へ出ると、御竹蔵を取り巻く堀沿いに竪川へと抜け、二ッ目之橋を渡って六間堀へ出た。

北之橋の袂に宮戸川の小僧の幸吉が立っていた。

「浪人さんよ、まだ長屋にも戻らずふらふらしてるのかい」

二人だけのときの言葉遣いだ。

「品川さんの家に回ったでな。これから長屋に戻り、六間湯に参る」

「貧乏御家人の倅は元気に生きてたかい」

それがな、と幾代の懸念と武左衛門に頼んだ話をした。

「なんだって、竹村の旦那に頼んだんだい。そりゃあ、飲み代をたかられて終わりだな」

　幸吉はお見通しだった。

「とにかくちょいと気になる話ではあるな。おれの昔の手下に聞いておくぜ。当てにせずに待っててくんな」

　鰻捕りの名人だった幸吉は仲間を何人も使っていた。その仲間を手下といったのだろう。

「頼もう」

　磐音は幸吉と別れてようやく金兵衛長屋に戻りついた。井戸端ではどてらの金兵衛と長屋の女たちが何事か話し合っていた。

「おや、戻られたか。鎌倉はどうでしたな」

「師走の古都もよいものですね」

　それはよかったと答えた金兵衛が、

「年の暮れも近いでな、井戸端の掃除をどうしたものかと話し合っていたところですよ」

「なんぞ手伝うことがあれば命じてください」

「今日明日の話じゃありませんよ。まずは湯に行ってらっしゃい」

金兵衛にも促された磐音は長屋に戻り、慌ただしく旅仕度を解くと、手拭いと湯銭を持って六間湯に向かった。

馴染みの湯屋の湯船に浸かった磐音は、旅から戻ったことを実感した。昼時分の男湯にはだれ一人としていなかった。ゆったりと五体を伸ばして、

「ああ、極楽極楽」

と洩らした。

その脳裏に、水仙の咲く亀ヶ谷の切通しの向こうに消えた男女の姿が浮かんだ。禄（ろく）を離れた男と十五歳から奥女中を務めてきた女が生きていくには、厳しい時代だった。

二人はどこでどう生きようというのか。

この江戸のどこかで住み暮らそうと考えているのではと、磐音は漠然と推測した。

とにかく二人が選んだ道ゆえ、全うしてほしいものだと考えながら、湯から上がった。

さっぱりした磐音が長屋の木戸口まで戻ると、金兵衛が万年青（おもと）の鉢を眺めてい

た。

「どうです、茶でも飲んで行かれませんか」

金兵衛に誘われ、大家の家に上がった。

この界隈の四棟の長屋を差配する金兵衛の家は、平屋ながら畳敷きの間が三間に台所に板張りがあった。なによりいいのは東南に向いて縁側があり、冬の陽が射し込んでくることだった。

独り暮らしが長い金兵衛が器用に茶を淹れながら、

「吉右衛門様の代参は無事務まりましたかい」

と訊いた。

おこんからそのように鎌倉行きの話を聞いているのだろう。

「お艶どのの法会を建長寺にて厳かに執り行い、老分どのもほっとされたようでした」

「となると老分さんの心配は一つだけだ。今津屋はあれだけの大所帯、たれぞ仲人の役を務めるものはいないのかねえ」

「すべてはお艶どのの三回忌が終わった後と、今津屋どのも考えておられるのではござらぬか」

磐音は当たり障りのない返事をした。

「もっとも吉右衛門様の後添いの心配よりも、うちには頭の上に大きな蠅がいたんだったな。あいつも早いとこ嫁にやらなきゃいけないんだが」

「金兵衛どの、おこんさんは今津屋の奉公を楽しんでおられる」

「奉公先があまり居心地のいいのも困りものだ」

「おこんさんも今津屋どのの後添いが来られるまでは、今津屋の奥向きは自らが取り仕切らねばと思っておられるのですよ」

「奉公人には奉公人の分がございますからな。あまり何事にも顔を突っ込んでは嫌われる因になる」

　父親の心配は際限ない。

　金兵衛と磐音があれこれ四方山話をしていると、

「こちらに坂崎さんはおられるか」

　と武左衛門の胴間声が玄関で響き渡った。

「おや、あの酔っ払いが来ましたぞ。酒の誘いかな」

「いえ、そうではありますまい」

　と金兵衛に、品川柳次郎探しを頼んでいることを手短に告げた。

「なにっ、品川さんが屋敷に戻らないとな。それはおっ母さんも心配だ」

と答えた金兵衛が、

「竹村さん、こちらにお上がりなさい」

と誘った。

「やはりこちらにおられたか」

武左衛門が遠慮もなく、ずかずかと玄関から縁側に通ってきた。

磐音の側に座った武左衛門の口元からぷーんと酒の臭いが漂ってきた。それを知らぬげに、

「なんぞ分かりましたか」

と訊いた。

「大家どの、それがしにも渋茶を馳走(ちそう)してくれぬか。走り回ったら喉が渇いた」

「酒のせいで喉が渇いたんじゃないんですか」

と皮肉を言いながらも、金兵衛が茶を淹れて武左衛門に差し出した。

片手で茶碗を鷲掴(わしづか)みにした武左衛門がぐいっと飲み、

「おおっ、これは熱いぞ」

と一騒ぎした後、

「柳次郎め、厄介に巻き込まれているやもしれぬ」

と磐音の顔を見た。

「厄介とはどのようなことですか」

「母御が申された上方からの船の荷下ろしというので、その筋を当たってみた。だが、沖仲仕の問屋組合なんぞはどこも知らぬというのでな、闇の口入屋に訊いて回った。するとあたりがあった……」

「ありましたか」

「あった。だが、便船ではない。上方と江戸を不定期に往来している千石船の万栄丸でな、上方から新酒を運んできたようだ。だが、新川沿いの酒問屋と契約をしておる船ではない。水増しした酒を新酒と称して、江戸の一杯飲み屋に卸す類の船商人のようだ」

「その船に品川さんは雇われなされたか」

「酒の荷下ろしは一日で終わったそうな」

「ならば品川さんはなにをしておられる」

「そいつは分からぬ」

「竹村さん、おまえ様はそれを調べに行ったんじゃないんですかい」

金兵衛が磐音に代わって詰問した。

「大家どの、そう急かされるな。万栄丸は怪しげな船との噂が沖仲仕の間に飛んでおってな、水夫を束ねる船商人の愛染明王の円之助という坊主頭が頭分のようだ」

「愛染明王ですと」

「大家どの、愛染明王は縁結びの神様だそうだな。円之助が愛染明王なる異名を持つにはわけがあるのだ。仲人といえば聞こえはいいが、なんでも江戸の女を上方に、上方の女を江戸にと売り買いしている男らしい」

「なんという船に品川さんは関わりを持ったものか」

金兵衛が嘆息した。

「竹村さん、万栄丸の停泊地をご存じですか」

「それが、酒を下ろしたときは確かに佃島沖に碇を下ろしていたそうな。だが、次の日には佃島沖から姿を消していた」

「品川さんは万栄丸に乗船しているのでしょうか」

磐音は不安になった。

「それがしの朋輩が、酒の荷下ろしのときには雇われておった。だが、二日目からは柳次郎ら二人だけと指名されて、朋輩は一日で首を切られておる。一日一分二朱の日当につられて酒の荷下ろしを請け負うたそうだが、船ごとどこぞに行方を晦ましたと聞いて、助かったと胸を撫で下ろしておったわ」

「坂崎さん、品川さんはなんぞよからぬことに巻き込まれたようですぞ」

と金兵衛が顔を曇らせた。

「年の瀬でつい稼ぎを焦ったかな。母御も、あちらこちらに付けの支払いが滞っていると言うておられたが」

「付けの払いなど、あるとき払いの催促なしでかまわぬのにな。あいつは妙に律儀すぎるのだ。わが家など年越しはいつも借金取りと一緒に過ごすものと決まっておる」

「竹村さんのような方ばかりではございませぬでな。節季や晦日に支払いを済ませて気分よく年を越す、これが世間の暮らしにございますよ」

店賃の集金で苦労している大家の金兵衛が苦虫を嚙み潰した顔で言った。

「おやおや、大家どのに説教されたわ」

武左衛門が鼻白んだ。

「竹村さん、品川さん探しを手伝ってください」

「坂崎さんのことだ、そう言うと思ったよ」

　磐音と武左衛門は同時に立ち上がった。

「竹村さん、朋輩の身に危難が襲いかかっておるのです。しっかりと探しなされよ」

　と金兵衛にも鼓舞された武左衛門が、

「委細承(うけたまわ)ってござる」

　と答えた。

三

　地蔵の竹蔵親分は磐音と武左衛門から品川柳次郎の怪しげな仕事を聞いて、

「万栄丸は摂津(せっつ)に戻ったんじゃねえんですかえ」

　と顎に手を当てながら言った。

「親分のもとにも万栄丸の評判は届いておりますか」

「坂崎様、深川の曖昧宿(あいまいやど)の主が値につられて酒を買ったら、水っぽい新酒だったという苦情を手先に訴えたらしいや。なにしろ値も安いが酒もひどい。いえ、曖味宿の主は客にその酒を結構な値で飲ませてるんですよ。どっちもどっちの商いでねえ。それに万栄丸は江戸を離れたというので、次の機会に船頭に問い質してみようと考えていたところでさあ」

と竹蔵はゆっくりと前掛けを外した。

地蔵蕎麦の主から御用聞きに変身する瞬間だった。

「柳次郎さんが行方を絶ったか。師走の忙しさについ取り紛れて、足元で起こっていることに気付かねえとは、地蔵の竹蔵も耄碌したねえ」

と自嘲した竹蔵が顔を磐音に向け、

「話を聞いてちょいと気にかかることを思い出しやした。わっしはまず木下の旦那と相談して動きます、お二人は蕎麦なんぞ手繰ってゆっくりしていってくだせえ」

と手先の音次を従え、店から飛び出していった。

「よし、これで一安心じゃぞ。暮れに蕎麦で一杯というのも悪くない趣向だ」

と小上がりに落ち着こうという武左衛門の手を引くように磐音は外に出た。

「竹村さん、親分らだけ働かせてわれらが酒を飲むというわけにはいきませんよ。万栄丸の行方を探しましょう」

「餅は餅屋というぞ。素人のわれらがこれ以上動いても無駄だと思うがな」

と武左衛門は残念そうに地蔵蕎麦の店を振り返った。

「竹村さん、万栄丸が最初に碇を下ろしていたのは佃島沖ですね。まず佃島に参りましょう」

磐音が横川法恩寺橋際から竪川の方角に歩きだしたのを見て、武左衛門も仕方なしに従ってきた。

佃島に渡るとなると一旦大川を越えて大川右岸を鉄砲洲の渡し場まで下らねばならなかった。大回りだが致し方ない。

武左衛門は川面ばかりを覗き込むように磐音と肩を並べて歩いていたが、竪川と横川が交わる北辻橋で、

「坂崎さん、ちょいとお待ちあれ」

と言い残すと、堀の石垣に付けられた石段を身軽に下りていった。そして、船着場に舫われた一艘の荷船の船頭に何事か話しかけていたが、河岸に立つ磐音に向かって、
おいでおいで
をした。

何事か聞き出したかと思って磐音が船着場に下りると、武左衛門は、

「深川菊川町石繁（いししげ）」

という字が薄れかけた荷船にちょこんと乗っていた。船には切り石が平たく積まれている。

「さあさあ、乗った乗った」

磐音は武左衛門に言われるままに荷船に乗った。

「鉄砲洲まで回るとなると半刻（一時間）は無駄になる。石繁は、頼まれて佃島住吉社の石垣の修理をしておるのだ。この秋の台風に壊されたでな。石工の熊三（くまぞう）はそれがしの飲み仲間でござるよ。親切にも佃島まで乗せてくれると申すのだ」

「仕事船に同乗させてもらって迷惑ではござらぬか」

磐音は鬢（びん）に白髪が混じり始めた石工をちらりと見た。

頬被りした熊三がぺこりと頭を下げた。

「ほれ、そこは以心伝心、飲み仲間でござればな」

と武左衛門が磐音に手を差し出した。

「渡し舟に酒手を渡すより、友の懐を温めさせたほうが友情というものじゃあ」

磐音は武左衛門の人付き合いの広さを感心しながらも、

と財布から二朱を出した。

「二朱でよいかな」

「十分十分」

武左衛門が磐音から受け取り、器用に切り石の積まれた船縁を渡り歩くと、

「熊三、あまり飲みすぎるでないぞ」

と渡した。

熊三がにたりと笑うと、

「その言葉はそっくり竹村の旦那にお返ししますぜ」

と磐音に向かって頭を下げた。すると前歯が欠けているのが見えた。

「熊三どの、世話になる」

磐音が挨拶しかけると、

「よいよい、そのようなことは」

と武左衛門が磐音のかたわらに戻ってきた。

石を積んだ荷船は横川を南に向かい、深川東平野町と吉永町の間に架かる吉岡橋を潜ると仙台堀へと曲がった。

熊三は重い石を積んだ荷船を風あたりの少ない運河を使って佃島へと運ぼうと

していた。船は仙台堀が大川と交わる手前で左に折れて、松永橋などいくつもの橋を潜り、越中島の手前まで移動した。

武左衛門は磐音のかたわらから再び立ち上がると、懐から手拭いを出して器用に頬被りをした。そして、熊三の側に立つと黙って大きな櫓に手を添えた。

大川河口に出ると冬場の波と風にまともに晒される。

武左衛門は二人櫓で佃島まで乗り切ろうとしていた。

磐音は飲み仲間の友情も悪くないな、と二人の息の合った櫓の扱いを見ていた。

越中島を回ると江戸の内海に出た。

陸地から海へと吹く北西からの風だ。

だが、武左衛門と熊三は風をものともせずに石川島の東側を回り込み、佃島との間の水路に入れた。すると水面が穏やかになり、風も二つの人工島に遮られて穏やかなものに変わった。

ふうっ
という武左衛門の弾んだ息がして、頬被りを解いた手拭いで汗を拭きながら磐音のかたわらに戻ってきた。

「竹村さんは櫓の腕前もなかなかですね」

「深川で浪人暮らしを続けるにはなんでもこなさぬと生きていけぬでな。櫓も漕げば、溝浚いも厭わぬ」

と武左衛門が今度は舳先の舫い綱を握った。住吉社の船着場が見えてきて、武左衛門がひらりと飛び、

「石繁の親方、石を運んできたぞ」

と叫んだ。

佃島の渡し場界隈で万栄丸の消息を聞いて歩いた。だが、だれもその行方を承知しているものはなかった。

「愛染明王の親方の船かえ、もう摂津に戻ったんじゃねえかねえ」

「暮れに一稼ぎと張り切っていたから今頃は相模灘だぜ」

と全くあたりがない。もはや佃島での聞き込みは無駄だと島を引き上げることにした。

「坂崎さん、住吉社に急ごう。石繁の帰り船に間に合うかもしれん」

と急いで戻ったが、もはや石繁の船はいなかった。

「くそっ、一足遅れたか」

二人は再び佃島の渡し場へと戻り、仕舞い舟で鉄砲洲へと渡った。重い足を引き摺りながら、大川端を大きく回り込み、永代橋から深川へと戻ってきた。

「竹村さん、酒の一杯も飲みたいところだが、品川さんのことが気になります。私は北割下水の屋敷に伺います」

「柳次郎が戻っておるかどうか問い合わせに行かれるか」

「幾代様が心配しておられましょう」

「なんの手がかりもないと申せば、却って不安を増されるのではないかのう」

と武左衛門は気にしたが、

「やはり訪ねてみよう」

と磐音は決心した。すると武左衛門も付いてきた。

だが、品川柳次郎はやはり屋敷に戻ってはいなかった。おろおろする幾代に磐音は、

「地蔵の親分も動いておられます。今、しばらく時を貸してください」

と願って傾きかけた門を出た。

「ほれ、見よ。心配させたではないか」

「竹村さんの言われるとおりでしたね」

磐音は飲みたそうな武左衛門と北割下水の暗がりで別れると、法恩寺橋際に戻った。すでに刻限は六つ半（午後七時）を回っていた。

地蔵蕎麦はもはや釜の火を落としかけていた。

「戻ってこられるのではないかと思ってましたぜ」

と竹蔵が出迎え、

「その様子じゃ探し歩かれた様子ですね」

と反対に訊かれた。

磐音は佃島に武左衛門と渡ったことを告げた。

「佃島界隈にはやはりいませんかえ。わっしらも明日はその辺りから探索を進めようと考えていたところだ。二度手間は免れた、無駄にはなりませんや」

と慰めた竹蔵が、

「おっ母、熱燗と温(あった)けえ蕎麦を拵(こしら)えてくんな」

と奥に向かって叫んだ。まず熱燗を手下でもある音次が運んできた。

「茶碗(ちゃわん)のほうが手っ取り早い」

と竹蔵が七分目に注いだ茶碗酒を磐音の手に持たせ、

「そいつを飲みながらお聞きくだせえ」

と膳を挟んで向かい合った。

「いえね、先ほど品川さんの一件を聞いて、ちょいと思い出したことがあるんでさあ。この夏あたりから江戸で盗まれたものが上方に運ばれて始末されるという話を奉行所で聞かされていたんで。盗品は、上方からいったん下ってきた小間物袋物から、房総産の干鰯(ほしか)と雑多でさ」

江戸期、物流は畳表から酒まで上方から江戸への一方通行、下り物が主だった。だが、房総で獲れた鰯(いわし)を干した金肥は、上方で取引きされる数少ない商品だった。

この干鰯、浦賀(うらが)湊に集められたが、近年では江戸湊の整備に伴い、江戸でも取引されるようになっていた。

竹蔵はこれらの盗品が万栄丸で上方に運ばれているのではないかと言うのだ。

「と言うのも、万栄丸はこのところ三月(みつき)置きに江戸湊に姿を見せているんですよ。愛染明王を頭とした盗人一味が江戸のどこかに塒(ねぐら)を構え、もう一方で盗んだ品を上方に運ぶ万栄丸が行き来しているとしたら、と思いつきましてねえ、木下の旦那に相談したら、品川柳次郎さんのこともある、明朝から万栄丸の行方を探せ、とのお指図を受けて戻ってきたところなんでさ」

「さようでしたか」

磐音は茶碗に残った酒を飲み干した。

「親分、もはや上方に戻ったということはあるまいな」

「万栄丸がこたび佃島沖に姿を見せたのは、柳次郎さんが酒の荷下ろしに雇われた四日前のことでさあ。急ぎ荷を積み込んだとなると、船出したと考えられねえこともねえ。だが、盗品を積み込むとなるとそれなりに気を遣うもんでさあ。わっしはまだどこぞに潜んで、荷を積んでいる最中と思いますがねえ」

竹蔵が磐音の茶碗に新たに酒を注いでくれた。

「なんとも今晩は動きがつかねえや。明日からの勝負だ」

磐音が頷いたとき、卓袱蕎麦が運ばれてきた。その丼のかたわらには飯と鰯の煮付けに香のものが添えられていた。竹蔵の女房おせんの心遣いだ。

「腹が減っておいででしょう、腹拵えしていきなせえ」

「造作をかける」

磐音は茶碗の酒を飲み干し、卓袱蕎麦の丼を抱えた。

翌日、宮戸川に鰻割きの仕事に出た。すると小僧の幸吉が、

「浪人さんよ、おれの友達のひょろ松ってもんが長屋に訪ねていかなかったか」

と訊いてきた。

「いや、来た様子はなかったがな」

「おかしいな。浪人さんによ、直に話すと小鼻をぴくつかせていたぜ。あいつさ、おれに言わねえのさ。小遣いでも貰おうと考えてやがるんだぜ」

「品川さんのことかな」

「それ以外になにがある。おれが手下に命じておいたんだ、まず万栄丸の一件だな」

いつの間にか鉄五郎親方が幸吉の後ろに立っていて、
ぽかり
と頭をいきなり小突いた。

「こら、おめえはだれと話しているんだ。宮戸川の小僧がまともに口も利けねえとあっちゃあ、親方のおれの恥だ。お客や目上の人には丁寧な言葉遣いで話せと、あれほど言ってるだろうが」

「親方、すいません。まさか泥棒猫みたいに親方が後ろに隠れていようとは考えもしませんでしたから」

「馬鹿野郎、主を捕まえて泥棒猫とはなんだ」

「つい口が滑りました」

詫びる幸吉のそばから磐音も、

「親方、それがしがものを頼んだのが悪うござった。申し訳ない」

と頭を下げた。

「いえね、坂崎さんが優しいもんだから、こいつはいつまでも使い分けてやがるんで。いつまでも小僧じゃねえ、宮戸川の職人になるには行儀作法言葉遣いもちゃんと叩き込まなくちゃ、一人前の職人とはいえませんや」

「全く親方の申されるとおりだ。幸吉どの、これからそれがしも態度を改めるでな、そのつもりで付き合われよ」

「その、どのがいらねえんで」

「とは申せ、深川暮らしの師匠にござればな」

「それはそれ、これはこれですよ、坂崎さん」

「承知つかまつった」

「幸吉、品川さんの身に関わることだ。ひょろ松を呼んでこい」

「へえっ、合点だ」

風を食らって幸吉が宮戸川の裏庭から店を抜け、表に飛び出していった。

磬音は次平と松吉といつものように鰻割きをやりながら、幸吉の帰りを待った。

だが、半刻過ぎても一刻（二時間）過ぎても戻る様子はなかった。

「あいつどこへ行きやがったか、鉄砲玉だぜ」

と鉄五郎も気にしたが、待つしか術(すべ)はなかった。

五つ過ぎ（午前八時）、ひょろ松を連れた幸吉が戻ってきた。

ひょろ松こと末松(すえまつ)は痩(や)せっぽちの子供だった。

磬音は末松の顔を見知っていたが、言葉を交わしたことはあまりなかった。

「どこをほっついていやがった。ひょろ松の長屋は隣町内だ。なんでこんなに手間がかかりやがった」

鉄五郎が怒鳴ると幸吉が口を尖(とが)らせて、

「親方、ひょろ松は鰻捕りに出てたんですよ。それもいつもの小名木川(おなぎ)じゃなくて、五ッ目の渡し場のほうまで足を伸ばしてやがったんだ。見付けるのに苦労したんですよ」

「そうだったか。そいつは頭ごなしに怒鳴って悪かったな」

と謝った鉄五郎が、

「ひょろ松、おまえが捕った鰻は高値で引き取る。品川さんのことを聞き込んだのなら坂崎さんに話しねえ」

と磐音に代わって訊いた。

「親方、おれが聞き込んだんじゃねえや。おれのお父っつぁんが見た話だよ。それでもいいかい」

「言ってみろ」

鉄五郎が主導して末松に訊いた。

「おまえの父っつぁんは御材木蔵の川並（筏師）なんだよ」

「一昨日にさ、平井新田から材木を筏に組んでよ、御材木蔵に運んだそうだ。そんときさ、平井新田の沖で万栄丸を見たんだと」

「ほう、おまえのお父っつぁんはよう万栄丸と覚えていたな」

「それだ」

と末松が胸を張った。

「最初は、千石船が帆を休めているくらいにしか思ってなかったんだと。ところが、その船から伝馬がおりて平井新田に向かったんで、何気なく見ていると、伝馬の連中がおかしなことを始めたんだとさ」

「どうした、ひょろ松」

「あの辺りにはよ、使わなくなったぼろ船が捨ててあるだろう。その船からさ、船の名が書いてある板やら下がりやら垣立やら古びた帆布なんぞをひっぱがして、船に運んでいたんだと。お父っつぁんは変なことをする千石船だと思い、万栄丸の名を覚えてしまったんだよ」

下がりとは船の舳先から文字通り下げられた飾りで、垣立は船の両舷側に檜などの角材を欄干状に組み合わせた横波防ぎだ。

磐音は黙って懐から財布を出すと小粒を出し、

「末松どの、よう知らせてくれた。親父どのの働く御材木蔵にそれがしを連れていってくれぬか」

と頼んだ。末松が磐音の顔から兄貴分の幸吉に目を移して、

「幸ちゃん、貰っていいかな」

と小声で訊いた。

「おまえの手柄だ、有難く貰いねえ」

と貫禄を見せる幸吉の頭がまた張られ、

「うちの小僧にゃあ、向かないかもしれねえな」

と鉄五郎親方が睨んだ。

四

北に竪川、東に十間川、南に小名木川と運河に囲まれる猿江町の御材木蔵は、享保十八年（一七三三）に本所横網町から引っ越してきた貯木場だ。その敷地の面積は五万五千坪を超えて広大だった。

磐音は末松を伴い、まず地蔵の親分を訪ねて経緯を述べた。すぐに呑み込んだ竹蔵が手先の一人を南町の旦那、木下一郎太に注進に走らせ、法恩寺橋際から猪牙舟を仕立てて、御材木蔵に乗り込んだところだ。

竹蔵が御材木蔵の役人に掛け合い、十間川に面した出入口で長いこと待たされたあげくに、末松の父親、川並の歳三が姿を見せた。

いなせな印半纏に股引、頭にはきりりとねじり鉢巻をしていた。

「末松、仕事場に何の用だ」

磐音らを気にしながらも、職人気質の歳三がぶっきらぼうに倅の末松に言い放った。末松が口ごもった。

「すまねえ。人の命が関わった御用だ、お役人には断ってある。ちょいと付き合ってはくれめえか」

地蔵の親分が頼み、歳三は訝しい顔をしながらも猪牙舟に乗り込んできた。

「親分、人の命が関わった御用と言いなすったな、おれがなんぞ関わりがあるってのか」

末松を見ながら歳三が竹蔵に訊いた。末松は磐音のかたわらで身を固くしていた。

「おまえさん、一昨日だか、上方から来た万栄丸を見たそうだな。その場所までおれたちを案内してくれねえか」

歳三はしばらく竹蔵の顔を見ていたが、猪牙舟の船頭に、

「真っすぐに海辺新田に向かってくんな。あとはおれが指示すらあ」

歳三はさすがに幕府の貯木場で働く川並だ。十間川が鉤の手に右へと曲がるところを避けて、真っすぐに細い水路の入口に入るよう船頭に命じた。

造成した新田の間を縫う迷路のような水路を右に左に抜けて、いつしか江戸の海、平井新田に出ていた。そして、そこから西へ数丁下った海沿いの萱(かや)の湿地に古船の墓場はあった。

「万栄丸が泊まっていたのは沖合い半里のところだ。そんでよ、伝馬が下りてきてよ、こっちのぼろ船からいろんなもんをよ、拾って集めていたぜ」

歳三は海から萱の湿地に手を巡らし、

「伝馬がとりついていたのはあの千石船だ」

と半ば沈みかけた弁才船の残骸を指した。

猪牙舟の船頭が心得て弁才船に向かった。

「あいつらが最初に剝がしていたのは艫の船板だったぜ。あんなもの、なにに使う気かねえ」

船尾や舳先近くには、

「摂津国高砂丸」

などと船の名が書かれた船板が嵌め込まれていた。

歳三が案内した弁才船からは確かに船名を書いた板が剝ぎ取られていた。さらに垣立から舳先周りの用具が剝がされた痕跡が残っていた。

猪牙舟はぼろ船の周りをぐるりと廻った。すると一箇所だけ薄れかけてはいたが船名が残っていた。

「駿州沼津湊愛鷹丸」

とあった。

「坂崎様、どうやら万栄丸め、愛鷹丸に偽装したようですぜ」

「ということは未だ江戸に用事がある。湊のどこかに停泊しているということかな」

「そういうことでございますよ」

と答えた竹蔵が、

「歳三さん、おめえさんの倅の手柄だぜ」

と褒めた。

「末松がなんぞ役に立ちやしたかい」

「立ったとも。これで探索の目処(めど)が立った」

猪牙舟を御材木蔵に戻し、歳三を降ろすと、末松を乗せて法恩寺橋に戻った。

すると捕り物仕度の小者たちを乗せた御用船がすでに到着していた。

「竹蔵、なんぞ手がかりがあったか」

「ございましたぜ。この末松が手柄を立てたんで」

と竹蔵が経緯を述べると一郎太が、

「末松、ありがとうよ」

と懐から銭を出して小遣いだと握らせた。竹蔵も、

「末松、うちの地蔵蕎麦を食っていけ」

と店にいたおかみさんに、なんでも好きなものを作ってやれと命じた。

盆と正月が一緒に来たふうの末松が嬉しそうに猪牙舟から降りた。

「よし、これからが勝負だ。愛染明王の円之助一味を根こそぎふん縛るぜ」

と一郎太と竹蔵が手配りをした。

地蔵蕎麦のおかみさんが、

「おまえさん、昼餉(ひるげ)を食べる暇もなかったろう。握り飯を拵えておいたよ。猪牙の中で食べていきな」

と風呂敷に包まれた重箱を猪牙舟に載せてくれた。

「気を利かせたな」

「何年、御用聞きの女房をやってると思ってるんだえ」

御用聞き夫婦の会話を聞いていた一郎太がにたりと笑い、

「竹蔵、まずは万栄丸が最初に碇を下ろしていた佃島沖に参ろうか」

と命じて船頭が舫い綱を外した。

刻限はいつの間にか昼を大きく過ぎていた。もう八つ半（午後三時）前後か。

木下一郎太と小者を乗せた御用船と、磐音、竹蔵親分に手先の音次らが乗る猪牙舟は横川から竪川を経て、大川に出た。

「坂崎様、まずは腹拵えだ」

風呂敷が解かれると重箱には握り飯に古漬けが添えられてあった。

「これは美味しそうな」

朝餉も昼餉も抜きの磐音にはなによりの馳走だった。

柳次郎の身の上を気にしつつも塩握りを頬張った。

猪牙舟と舳先を並べた御用船から一郎太が、

「坂崎さんほど美味しそうに食べられる方は知りません」

と感心しながらも、

「笹塚孫一様からの言伝です」

磐音は握り飯を食べるのをやめて一郎太を見た。

「品川柳次郎救出も大事じゃが、愛染明王の円之助が溜め込んだ金子もよろしく頼む、と申しておられました」

「笹塚様が関心を持たれるほど、盗んだ金子を溜め込んでおりますか」

「一味は江戸で盗んだ品を上方で売り捌いて荒稼ぎをしているとの情報がござい

ます。頭目の円之助という男、江戸無宿でしてねえ、上方者の手下たちを全く信用していない。そのせいで、溜め込んだ金子は身の周りにおいているはずだと笹塚様は睨んでおいでです」

二艘は新大橋を潜り、永代橋へと矢のように向かっていた。

「ともかく万栄丸を見つけたら直ちに知らせよ。自ら出張る、と言うておられました」

「まずは品川さんを見つけて助け出すことが先決です」

磐音はぴしゃりと一郎太に宣告した。

「承知しました」

永代橋を抜けると急に波が荒くなった。

磐音たちが乗る猪牙舟の舳先ががぶれて、舟に座す者たちの頭から波が降ってきた。

冷たい飛沫(しぶき)だ。

越中島から佃島の沖合いにかけて、千石船など無数の荷船が帆を休めていた。

師走になり、最大の消費地の江戸に下り物を運び込んできた大船の群れだ。

この中に、万栄丸から愛鷹丸に偽装した愛染明王一味の乗る船があるかどうか。

また柳次郎がどうしているか、そんなことを気にしながら暮色の海を走り回って調べた。だが、愛鷹丸の姿は見付けられなかった。

七つ半（午後五時）過ぎ、木下一郎太に指揮された二艘は佃島の渡し場で聞き込みに回った。だが、愛鷹丸の行方を知る者はいなかった。

「木下様、ここいら界隈は調べ尽くしました。鉄砲洲から浜御殿沖を調べますかい」

「暗くなったが、品川さんの命に関わることだ。参ろう」

一郎太が決断して、鉄砲洲河岸の渡し場に向かった。するとそこで荷足舟の船頭が、

「明石町の南側に、昼前まで干鰯の臭いをさせたぼろ船が泊まっていたがな。今もいるかどうか」

「船の名は分かるかえ」

「親分、ぼろ船だ。船の名なんて分からねえよ」

と答えた。

「干鰯か。旦那、ひょっとしたらひょっとしますぜ」

「よし、行こう」

急に力を得た御用船と猪牙舟は鉄砲洲から明石町へと急行した。だが、明石町の沖合いには千石船が泊まっている様子はない。

「畜生、帆を上げやがったか」

と竹蔵が罵(のの)り声を上げたとき、猪牙舟の舳先にいた音次が、

「親分、船の灯りだ」

と薄闇に浮かぶ灯りを差した。

明石町と南飯田町の間には南側に向かって突堤があり、明石橋が架かっていた。橋の内側は大名屋敷に囲まれた三角堀が広がり、その二方から運河へと繋がっていた。

「よし、近付いて愛鷹丸かどうか調べるぜ」

御用船から離れた猪牙舟は灯りを点した千石船へと接近していった。すると舷側に伝馬船が横付けされ、縄梯子(ばしご)を人が伝い上る様子が見えた。

そ知らぬ顔で猪牙舟が千石船の艫に近付いた。すると外艫に、

「沼津湊愛鷹丸」

と書かれた幟旗(のぼり)がはためいていた。

「いたぜ」

竹蔵が押し殺した声を上げた。

薄闇を凝らして見れば、弁才船は取って付けたような垣立や下がりなど偽装の跡が見えた。

「間違いねえ」

と竹蔵が言ったとき、千石船から強盗提灯（がんどうぢょうちん）の灯りが猪牙舟に差し向けられ、磐音たちは灯りに浮かび上がった。

「てめえらはなんじゃい！」

船から怒鳴り声が響いた。

「愛鷹丸、ちと御用の筋で聞きたいことがある」

覚悟を決めた竹蔵が叫び返し、猪牙舟の船頭が猛然と愛鷹丸への接舷を試みた。

愛鷹丸では、

「江戸の御用聞きなんぞ叩っ殺して海に沈めよ！」

と愛染明王の円之助と思える丸坊主が手下たちに命じた。

磐音は猪牙舟の船底に転がっていた折れた櫂（かい）を摑むと素振り（すぶ）をくれた。長さは三尺ほどでかなりの重さだ。

猪牙舟の舳先が縄梯子の脇の舷側を擦り（こす）止まった。音次が縄梯子を引っ張って摑み、磐音が飛びつくと一気に上がった。

胴の間の上に張られた揚げ蓋の甲板上から長脇差を振りかぶった男が顔を覗かせ、

「これでも喰らえ！」

と磐音の眉間に叩き付けようとした。

磐音は片手で縄梯子を摑み、もう一方の手にしていた折れ櫂の先端を喉首へと突き上げた。

げえっ
と叫んで相手の姿が消えた。

その間に磐音は愛鷹丸、いや、万栄丸へと飛び込んだ。

折れ櫂の先端で喉を破られた男は、甲板に積み上げられた俵詰めの干鰯の上でのたうち回っていた。

二人の男が左右から磐音に襲いかかってきた。

磐音は左手からの刃風を飛びのいて避けた。同時に折れ櫂を、右手から襲いくる水夫の脇腹に片手殴りに叩き込んだ。

ぼきっ

と肋骨の折れる音がして干鰯の俵の上に転がった。

「どさんぴん、これでも喰らいやがれ！」

一撃目を避けられた男が長脇差を振り回すと突っ込んできた。

磐音は両手に握り直した折れ櫂で、長脇差を握った拳を叩いた。

ぐしゃっ
と拳が潰れた音がして、男が立ち竦んだ。

磐音の背から竹蔵や手先たちが、さらには木下一郎太たちが次々と万栄丸へと飛び込んできた。

磐音は甲板の戦いを一郎太に任せて艫へと走った。高櫓の下の扉が半開きになっていた。

飛び込もうとする磐音に短槍の穂先が突き出された。穂先は十字で、鎌のように鋭い刃がついていた。

磐音は咄嗟に折れ櫂で、真綿で包むように擦り合わせ、穂先を弾くと、横手に流れた十字と柄の間を強打した。

ぽきっ
と穂先が折れて飛んだ。

くそっ
と罵り声がして、浪人剣客が折れた柄を握って飛び出してきた。

磐音の折れ櫂と槍の柄が虚空で絡み合い、重い折れ櫂が柄を二つにへし折ると、その勢いで相手の肩口を叩いた。

ぎえっ
と叫んだ相手の体がくねくねと躍り、倒れ込んだ。

磐音は船室へと入り込んだ。堆く盗品が積み上げられていた。天井に長身の磐音の頭がつっかえた。

「品川さん、柳次郎さん」

頭を低くした磐音は友の名を呼びつつ、反物や薬種に小間物と盗品が作り出した迷路を進んだ。

迷路の向こうに灯りが零れていた。

船倉への狭い階段の入口が見えた。

磐音は殺気を感じて飛び下がった。すると今までいたところに両側から盗品の山が崩れ落ちて、丸坊主の愛染明王の円之助が匕首を構えて立っていた。その反対側には小柄な剣客が、抜き放った剣の切っ先の峰に片手を添えて控えていた。

「外村の旦那、こやつを始末してくんねえ」

「円之助、報酬を決めてもらいたいものだな」

「山吹色でも女でも好き放題ですぜ」

「おまえの約束ほど当てにならぬものはない。始末料包金二つでどうだ」

「仕方ねえ」

二人の会話を聞きながら、磬音は折れ櫂を小柄な剣客に突き出して構えた。狭い船中、足元には盗品の太物が崩れていた。

小柄な剣客と磬音の間は半間ほど空間が開き、その左手には円之助が匕首を構えて立っていた。

磬音は腰を沈めて折れ櫂から右手を外した。左手一本で剣客の剣を牽制した。

円之助がふうっと息を吐き、止めた。

その瞬間、小柄な剣客が足場の悪い船室をものともせずに、切っ先の峰に左手を添えたまま飛び込んできた。

間合いが一気に切られた。

峰にかかっていた左手が剣先を弾き、弾かれた切っ先が磬音の喉元へと伸びてきた。

左手一本に構えた折れ櫂の下で右手が捻られ、脇差の柄にかかった。

剣客の切っ先が喉にしなやかに伸びてきた。

磐音の折れ櫂がそれを弾き、反対に相手の内懐に飛び込むと右手が翻って、脇差が相手の右手首へと伸びた。

ぱあっ
と手首の腱が斬り裂かれ、剣が手から落ちた。

その横手から円之助の匕首が襲いきた。

磐音は自ら盗品の崩れた床へと転がった。勢い余った円之助も転がった。

二人は同時に上体を起こした。

「邪魔をしくさって！」

憤怒に顔を歪めた円之助が匕首を突き出した。

磐音の左手の折れ櫂の先端が円之助の胸へと突き出され、重い打撃とともに愛染明王の円之助が反り上がるように後方へと転がった。

右手首を抱えた剣客が、

「おまえは……」

と言いかけるかたわらを擦り抜けて階段を走り下りた。

「品川さん」

その呼び声に、

「坂崎さん、こっちだ」

という柳次郎の声がした。

柳次郎ともう一人浪人が後ろ手に縛られ、四人の若い娘と一緒に狭い格子の小屋の中に詰め込まれていた。

常夜灯の灯りに柳次郎の無精髭が伸びて、そこいらじゅうに干鰯の臭いが充満していた。

格子に嵌め込まれた扉の錠を折れ櫂の先で叩き壊し、扉に顔を突っ込んだ。すると今度は化粧と汗の臭いが磐音の鼻腔を突いた。

磐音は脇差で柳次郎ともう一人の浪人の縛めを切った。

「助かった」

と柳次郎が動きを取り戻した手首をもう一方の手で揉んだ。

「どうなされた、品川さん」

磐音ののんびりとした問いかけにほっと安堵した表情を柳次郎が見せ、

「新酒の荷下ろしだというので仕事を請けたのですが、まさか盗人一味とは考えもしませんでした。一日目にえらくこき使われたが、働き次第では二日目より日当を倍にするという甘言に釣られた末にこのざまです。どうやら佐々どのと二人、町方の密偵と怪しまれて奸計に落ちてしまったようです。干鰯の俵は担がされるわ、こんなところに繋がれるわ。師走にきて欲をかくものではないですね」

答える柳次郎の声も長閑になった。

佐々というのは中年の浪人だろう。暗い顔付きだったが磐音にぺこりと頭を下げた。

「この女衆はどうなされた」

「品川宿や内藤新宿の板頭を務める女郎衆です。愛染明王の口車に乗せられ、足抜けさせられたところまではよかったが、まさか上方に運ばれ、好色な金持ちや隠居爺様の妾に売り飛ばされようとは考えもしなかったそうです」

「よし、ここを出よう」

磐音が先頭で船倉から階段を上り、甲板に出た。すると木下一郎太らの手で愛染明王の一味、十一人がお縄になって、怪我をした者は竹蔵らに血止めを受けていた。

「品川さんは無事でしたか」

「どうやら木下どのの仲間の密偵と怪しまれて、かような目に遭うたらしい」

と答える磐音の背後から無精髭の顔を覗かせた柳次郎が、

「木下さん、面倒をかけました」

と詫びて、

「ああ、これで師走の稼ぎがふいになりました」

と嘆いた。

「なにはともあれ命があっただけでもよしとせねば」

と南町の定廻り同心が柳次郎を慰めた。

第四章　二羽の軍鶏

一

大つごもりを明日に控えた神保小路の直心影流佐々木玲圓道場は、いつもより通いの門弟の数が少なかった。それだけに、剣術に熱心な弟子たちだけの真剣な稽古が見られた。

磐音は住み込み師範の本多鐘四郎と直心影流独創の防具を着け、袋竹刀を手に打ち合い稽古に汗を流した。夢中で稽古を四半刻（三十分）も続けると、体の芯から汗が噴き出してきた。

直心影流は、高槻藩家臣で一風斎と号した山田平左衛門光徳の創始した剣法だ。一風斎は皮具、頬当てを工夫し、さらにその子の長沼四郎左衛門国郷が面、籠手を考案して、実戦さながらの稽古ができるようになって飛躍的に技が向上した。

磐音の師の佐々木玲圓は平左衛門の直弟子で、四郎左衛門とは兄弟弟子の間柄だ。

磐音が入門したすぐの頃、四郎左衛門の三回忌があり、師匠に付き添って法要に行った覚えがあった。直心影流の技と精神は佐々木玲圓によって継承されたといっても過言ではなかった。

それだけに、流祖と二代目の技と創意を慕った剣術家たちが神保小路、俗称、

「神田三崎町の道場」

に集まっていた。

磐音の面を鐘四郎が狙いすましたように叩き、

ばしり

という鈍い音が響いて、さっと鐘四郎が竹刀を引いた。

「磐音の面を取れることなど滅多にないからな。年の瀬でもある、気持ちよく稽古をやめるぞ」

面頰（めんぼお）の向こうから鐘四郎が笑いかけ、正座した磐音が、

「師範、お相手、有難うございました」

と礼を述べた。

「年の瀬じゃ、年寄りの相手をしてくれぬか」

と二人の稽古が終わったのを見て、玲圓の剣友速水左近が磐音に声をかけ、

「速水様、光栄に存じます」

と速水と立ち合うことになった。

速水は十代将軍家治の御側衆の一人で、剣聖小野次郎右衛門忠明が始祖の小野派一刀流の剣を継承していた。次郎右衛門の前名は言わずとしれた神子上典膳吉明である。

磐音は速水左近の奥深い剣技の妙を少しでも五感で体得すべく、無心に相手を務めた。

老若二人の剣者の稽古は独特の雰囲気を醸し出して、ゆったりと濃密に続き、潮が引く如くに終わった。

磐音から竹刀を引くと速水の前に正座し、

「お相手有難うございました」

と頭を下げた。

「坂崎どの、古狸に華を持たせてくれたようじゃな。本多ではないが、これで気

持ちよく新しき年が迎えられるわ」

　速水が莞爾として笑い、見所から玲圓も言いかけた。

「速水様と磐音の稽古は当道場の名物になりそうですな。磐音の融通無碍なる居眠り剣法に対して、何手も先を読んで仕掛けられる速水様。剣技の妙と申しますか、実に味わい深いものがありますぞ」

　この日、佐々木道場では門弟に加わったばかりの若い二人が火花を散らす打ち合いを展開していたので、対照的な稽古二つが見所から同時に見られたのだ。

　その二人の弟子とは土佐高知藩山内家の家臣重富利次郎と、旗本八百七十石松平喜内の次男辰平だ。

　鐘四郎が新弟子の稽古を強引に終わらせ、ぜえぜえはあはあと荒く弾んだ息の二人を左右に別れさせた。互いに相手を力と若さでねじ伏せようと必死の戦いぶりだったのだ。

「利次郎、辰平、そなたらの立合いはまるで軍鶏の喧嘩じゃな。ただ騒がしいばかりで中身がないわ」

　と鐘四郎が呆れたように感想を述べた。

　なにしろ二人とも十代である。あり余る若さと漲る力があった。

「鐘四郎、軍鶏の喧嘩でよいではないか。若いうちは、相手を力でねじ伏せようとするくらいの気概がなくてはなるまい」

と玲圓が笑いかけ、

「二人して切磋琢磨、技を磨けよ」

と励ました。すると辰平が、

「佐々木先生、重富どのとの決着は近いうちに必ずつけます。それより坂崎様にお相手を願いとうございます」

と言い出した。

「なにっ、そなた、坂崎と稽古したいとな」

「道場のたれもが、坂崎様の剣は底知れぬとか懐が深いと申されます。私にはそれが一向に分かりませぬ」

「ほうほう、それで試してみたいか」

「はい」

十八歳の辰平は怖いもの知らずだ。

玲圓は父親の松平喜内から、

「わが次男坊はいささか剣術ができると錯覚いたし、天狗になって手がつけられません。近頃では旗本奴の真似をし、悪い仲間と徒党を組んでおるようです。このままでは無頼の徒に落ちかねませぬ。玲圓先生、佐々木道場にて修行のし直しをさせていただけませぬか」

と頼まれ、住み込み弟子として受け入れたばかりだった。

「磐音、辰平の希望を近々叶えてやるがよい」

と磐音に声をかけると辰平が、

「先生、今にても構いませぬ」

と立ち上がった。

「おやおや、痩せ軍鶏が居眠りに挑むか。磐音、よければ相手してやれ」

玲圓に命じられた磐音は、

「よろしゅう願います」

住み込み門弟の後輩に頭を下げた。

利次郎と辰平の稽古に立ち合った鐘四郎も、今度は壁際に下がって見守る様子だ。勝負の行方など論外の立合いだ。

二人は袋竹刀を手に対峙した。

旗本直参の次男坊の背丈は五尺八寸と伸びやかだ。だが、その骨格はまだ大人のそれになりきれていなかった。その格好は玲圓が評した痩せ軍鶏といえなくもない。

ただ面頬の奥の目玉がぎらぎらと光り、

「なんとしても一本とりたい」

という野心に燃えていた。

「えい、おう！」

と自ら鼓舞して気合いをかけ、間合いを取るように小刻みに動く辰平に対して、磐音はただ、

「春先の縁側で日向ぼっこをしている年寄り猫」

と豊後関前藩の城下で神伝一刀流の道場を開く中戸信継が評したとおりの構えで、一見威圧の気配もなく自然のままに正眼に竹刀を置いていた。

静と動、対照的な二人の間合いは一向に詰まる様子はない。

辰平は仕掛けようにも仕掛けられないでいた。だが、若い辰平はそのことを認めたくなかった。

磐音は辰平の動きに合わせようと考え、自ら動く気はなかった。

「ええいっ！」

また気合いをかけた辰平が正眼の竹刀を引き付け、飛び込もうとしてまた躊躇(ちゅうちょ)した。

巨壁とも巨岩とも違う、もやもやと大きくて深い霧のようなものが辰平の行く手を阻(はば)んでいた。いつでもどこからでも打ち込めそうに見えた。だが、心とは別に体が金縛りに遭ったようで踏み込めなかった。

「辰平、どうした。それでは軍鶏の喧嘩にもならぬぞ」

玲圓に挑発された辰平が思わず、

「くそっ」

と叫ぶと、両眼を閉じて突進した。

霧を両断して辰平の竹刀が振り下ろされた。

その瞬間、脳天をしなやかな打撃が見舞い、辰平の足が縺(もつ)れて前のめりに倒れ込んだ。

気がつくと道場の床を顔が嘗(な)めていた。辰平は必死で飛び起きようとしたが、下半身が痺れて立ち上がれなかった。

(くそっ、どうなったのだ)

涙が溢れて視界が曇った。

松平家のある小路の名を取って、

「稲荷(いなり)小路の暴れん坊」

と恐れられた辰平が手もなく叩き伏せられ、初めて屈辱を味わった。それでも
なんとか上体を起こした辰平に、

「どうした、辰平」

と玲圓が声をかけた。

「分かりませぬ！」

辰平が絶叫した。

「両目を瞑(つむ)って飛び込みおったな。そなたにも磐音の怖さが分かったか」

「先生、怖くなんぞありません。ただ……」

「ただ、どうした」

「体が突然金縛りに遭(お)うたようで動かなかっただけです！」

と叫ぶように言った辰平が、
わああっ
と大声を上げて泣きだした。

笑みを浮かべた玲圓が、

「辰平、よいよい。悔しかったら好きなだけ喚け、泣け。腕自慢の鼻っ柱が折れただけじゃ」

「先生、今度は坂崎様を道場に這わせてみせます」

「そうせえそうせえ」

玲圓が泣き喚く大きな赤子を諭して言った。

「あら、ちょうどいいところに顔を見せたわ」

磐音が今津屋の店先に顔を出すとおこんが声をかけた。どこか買い物にでも行ってきたようだ。

「なんぞ御用ですか」

「お餅が搗き上がったのよ。食べる」

「頂戴いたす」

安永四年（一七七五）もあと残り僅か、今津屋の店先はどことなく殺気立っていた。

年の内に商いの目処をつけたい商人たちが両替屋行司の店先に群がり、番頭相手に掛け合い、金銀相場の値を見詰めたりしていた。また、春先の参勤交代の費用を今のうちから工面しておこうという大名家の留守居役が、今津屋の店奥の座敷で老分番頭の由蔵と話し合っていた。

そんな店の喧騒とは別の、浮き浮きした活気が今津屋の広い台所にあった。女衆も忙しげに立ち働いていたが、広い板の間に鏡餅やら伸し餅がならんで、正月気分が漂っていた。

「さっきまでまるで戦場のような騒ぎだったよ。出入りの餅屋さんと鳶の人たちが交代で餅搗きをしていたの」

「それは見たかったな」

おこんが黄粉餅にして、磐音に差し出した。

「まだ温かくて柔らこうござる」

磐音は黄粉の絡んだ搗き立ての餅を一口食して、

「ううーん」

と唸った。

「どうしたの」

「これは美味い」

宮戸川で鰻割きの仕事をこなした後、いつもは馳走になる朝餉も食さず佐々木道場の稽古に出向いたのだ。

最後には若い松平辰平の相手までして、腹はぺこぺこに減っていた。

「今度は海苔を巻いて食べてごらんなさい」

おこんが海苔巻きの皿を差し出したとき、

「坂崎さん、美味しそうなものを召し上がっておられますな」

と店から通じる三和土廊下から木下一郎太がひょこりと顔を出した。

「見廻りの最中ですが、ひょっとしたらこちらに坂崎さんがおられるのではと顔を出したところです」

「木下様、お餅はいかがですか」

とおこんが一郎太にも餅を差し出した。

「おこんさん、馳走になります」

黄粉餅を頬張った一郎太が、

「やはり搗き立ての餅は美味しいな」

と嘆声を上げた。その一郎太に、

「先日は品川さんのことでご迷惑をかけました」

と磐音が礼を述べた。

「愛染明王の円之助一味の取調べがようやく終わりまして、上方に運ばれようとした盗品を元の持ち主に戻す手続きを終えたところです。諦めた品が年の瀬のうちに戻ってきたと、どこも喜ばれましたよ」

「それはよかった」

「円之助め、余罪がありすぎて極刑は免れそうにありません」

と報告した一郎太が、

「笹塚様はこのところ御用繁多でしてね、疲れもございましょう。本日は風邪を引かれて八丁堀の役宅で休んでおられます」

「それはよくありませんね」

「坂崎さんに言伝があります。ちと用向きあり、役宅に立ち寄ってくれぬか、と申されておりました」

「これから参りましょうか」

と尋ねる磐音に、

「急ぎの用事とも思えません。一時を争うものではないでしょう」

と一郎太が答えた。

「ならばこちらからの帰りに立ち寄ります」

一郎太は黄粉餅が好物とかで、三つ食べた上に紙に包んでもらい、懐に入れて市中見廻りに戻っていった。

磐音は餅を食べた後に昼餉のけんちん饂飩を馳走になり、満腹した。だが、由蔵は師走の客の応対に忙しいのか、台所に顔を見せる様子はなかった。

江戸の金融の要の今津屋は、年の瀬にきて猫の手も借りたい忙しさのようだ。

「老分さんを待ってても今日はだめね。昼餉も抜きかしら」

「忙しいのもいいが、体には気をつけてもらわねば困る」

「夜は夜で、伊勢原の儀左衛門様や小田原の小清水屋様に文を認めておられるわ」

鎌倉に旅した付けが年の瀬に押し寄せてきた感じだ。

「おこんさん、なにもせずに馳走になったばかりで辞去するのは心苦しいが、八丁堀に立ち寄って参る」

「ちょっと待って」

おこんが搗き立ての餅を包み、

「地卵をいただいたの」

と籾殻を入れた鶏卵まで風呂敷に包んでくれた。

「年の瀬でどこの家にもお餅はあると思うけど、他所(よそ)の餅は餅で味が違うものよ。この地卵と一緒に笹塚様に風邪見舞いだと言って届けて」

磐音は風呂敷包みを提げて西広小路から薬研堀、入堀を渡って芝居町を抜け、鎧(よろい)ノ渡しで船に乗った。

渡し船には正月の買い物をしてきた女たちや、年の内に掛け取りに回るお店(たな)の手代たちが乗り合わせていた。

そんな慌ただしい渡し場から南茅場町(みなみかやばちょう)を抜けて八丁堀に入ると、一転して物静かな家並みになった。

南北両町奉行所の与力同心たちが集まり住む界隈だ。町屋の喧騒とはかけ離れてどこか厳しい時が流れていた。

「御免くだされ」

南町奉行所年番方与力笹塚孫一宅の冠木門(かぶきもん)を潜(くぐ)り、式台前で叫ぶと、当の笹塚孫一が姿を見せた。

「風邪とお聞きしましたが、お加減はいかがですか」

「偽風邪よ。このところ御用が詰まっておったでな、ちと体を休める口実に風邪と偽ったまでじゃ」

と言うと、

「それはなんだ」

と磐音が抱えた包みに視線をやった。

「今津屋のおこんさんから搗き立ての餅と鶏卵を笹塚様への見舞いにと、預かって参りました」

「餅と卵か、どちらも好物じゃ。いただこう」

と磐音から包みを取り上げた笹塚はくんくんと包みの上から匂いを嗅ぎ、

「黄粉餅だな」

と言った。

「御用だそうで」

磐音は休養中の笹塚の時間をとらせまいと玄関先で用件を訊いた。

「待っておれ」

風呂敷包みを抱えた笹塚が奥へと姿を消し、磐音は玄関の式台に生けられた万両と若松に陽があたるのを見た。

(正月か、国許の父上や母上はどうなされておられるか)

そんな感慨に浸っていると、笹塚が口の周りを黄粉だらけにして餅を食いながら戻ってきた。

「この餅は格別じゃ。美味いな」

と言った笹塚は玄関先に腰を下ろし、

「愛染明王の円之助だがな、万栄丸を丹念に捜索いたすと隠し金が出てきおった。近頃ではお目にかかれぬ、なかなかの大漁であったわ」

と満足そうに破顔をした。

「小判と銀でな、金相場で二千数百両には達しよう。まあ、この大半が上方で盗品を換金したり、女を売り飛ばして稼いだものでな。まあ、被害の相手を調べようにも手はない。幕府の勘定方に繰り入れるのは半金にして、南町にもおこぼれをいただくことにした」

「それはようございました」

と返事した磐音だが、

（さて用向きはなんだろう）

と訝しんだ。

「品川柳次郎は町方の密偵に間違われてえらい目に遭うたそうじゃな」

「師走に来て少しでも稼ごうと、思わぬ罠に嵌ったようです」

「まあ大事なくてよかった」

と言った笹塚孫一が懐から紙包みを取り出して、

「ここに十両ある。御家人の倅に届けてやれ。密偵料だ」

笹塚が黄粉塗（まみ）れの包みを差し出し、磐音は両手で押しいただいた。

二

北割下水の品川家の傾きかけた門にも正月飾りが飾られて、いつもは内職の作業場に使われている縁側に柳次郎と幾代の姿はなかった。その代わり台所から黒豆でも煮ているような匂いがしてきた。

「品川さん、ご在宅かな」

玄関先で声を張り上げると、着流しに襷がけの柳次郎が現れ、

「坂崎さん、過日は面倒をかけました。お礼にと思いながらつい屋敷の雑用に追われて失礼しています」

と柳次郎が言いかけるところへ、姉様被りの幾代も姿を見せ、

「柳次郎とお八つをいただこうと思うていたところです。ささっ、お上がりくだ

さい」

　と家の中に招じ入れようとした。

「ならば縁側へ回ります」

　磐音が壊れかけた枝折戸に回ると、柳次郎の仕事か、戸は直されていた。いつものように縁側には陽射しが落ちていた。

「黒豆を煮ました。茶請けにいかがですか」

　と艶々（つやつや）した黒豆が小鉢に供された。

「これは美味しそうな」

　磐音は小鉢に手を出しかけ、

「そうそう、危うく大事な御用を忘れるところでした」

　と笹塚孫一からの志の包みを柳次郎の前に差し出し、事情を述べた。

「密偵料ですって。私はただ仕事に行ってへまをしでかし、捕われの身になっていたところを坂崎さんに救い出されただけです。お代をいただくほどの手柄はなにも立てておりません」

　と柳次郎が困惑の顔をした。

「ここだけの話です。愛染明王の円之助一味の捕縛（ほばく）で、持ち主の分からぬ大金が幕府の勘定方と南町奉行所に繰り入れられるそうです。そのきっかけを品川さんが作ったと思えばいい。遠慮なく頂戴なされるとよい」

磐音が屈託なく言うと柳次郎が、

「母上」

と幾代の判断を仰いだ。

「坂崎様には働き料が出ましたか」

「私は友の品川さんを助けに行っただけですから」

「おや、一番汗をかいた人が労賃をいただけぬのに、うちの倅だけが労せずして頂戴するのはどうも」

と幾代まで考え込んだ。

「幾代様、品川さん、あちらもまた労せずして大金を奉行所の探索費に繰り入れられたのです。品川家に回る金子など微々たるものですよ」

しばし考え込んだ幾代が、

「正直申しましてこの年の瀬、なにがしかでも金子があればわが家の家計は助かります」

「ならば幾代様、心置きなく御用に役立ててください」

「坂崎様、ちと私に姑息な考えがございますが、お聞き届けくださいますか」

「なんなりと」

「この金子、うちと坂崎様で折半させてください。それならば柳次郎も私も少しは気が楽にございます」

「それは困った」

「いや、名案です、母上」

「ならば柳次郎、そうしましょうな」

と母と倅がさっさと取り決め、柳次郎が三人の間に置かれた包みを押しいただくと開いた。

「おや、笹塚様は気張られましたぞ、十両もある。五両はうちの分、残りの五両は坂崎さんの働き賃です」

と包みに五両を残して差し出した。

当惑顔の磐音の手は動かなかった。

「坂崎さんが受け取れぬと言われれば、わが家もいただくわけにはいきません。そうなると、今日、明日とうちに来る掛け取りが何人も泣くことになります」

と柳次郎に言いだされ、磐音は仕方なく五両を受け取る羽目になった。

「母上、なんだか大汗をかきましたら喉が渇きました。黒豆もいいが茶を淹れてください」

柳次郎の言葉に、

「はいはい、ただ今」

と席を立った幾代がすぐに戻ってきた。

盆に貧乏徳利と茶碗が載せられてあった。

「今年も坂崎様と柳次郎に助けられて、品川家も年の瀬を無事に迎えられます。茶もよいが師走の酒も悪くありますまい」

「うちで昼酒とは青天の霹靂(へきれき)だぞ」

柳次郎が笑った。

「坂崎様、ぐい飲みなど気の利いた器はございません。御家人の屋敷の酒盛りです、茶碗がお似合いです。私も相伴しましょうかな」

幾代が三つの茶碗に酒を注(つ)ぎ分けた。

「母上と酒を飲むなど初めてのことですね」

柳次郎の顔は崩れ、照れくさそうでもあり嬉しそうでもあった。

「ささっ、どうぞ」

と幾代に茶碗酒を持たされた磐音も、

「このような酒はよいものですね。頂戴します」

と口を付けた。

冷や酒が口から喉に落ちて、香りが広がった。

冬枯れの庭を見ながら三人の酒盛りが始まった。

「宮戸川の仕事はいつまでですか」

「本日で終わりました。松の内は休みです」

磐音は休みの間、せっせと佐々木道場に通う気でいた。

「うちも今年の内職は仕舞いです」

昼下がりの陽射しの中、三人は一杯ずつの茶碗酒をゆっくりと味わって飲んだ。


翌朝、朝まだきの佐々木道場に顔を出すと、住み込みの門弟たちが広い道場の板の間の雑巾(ぞうきん)掛けをしていた。

磐音も早速その列に加わった。すると猛烈な勢いで雑巾掛けの競争をしている若者がいた。

重富利次郎と松平辰平だ。

利次郎も無口だが負けず嫌いのようだ。

道場の中に大晦日の朝の光がうっすらと射し込み始め、道場主の佐々木玲圓が姿を見せて、稽古が始まった。

「坂崎様、稽古をお願い申します」

と磐音の前に正座したのは、小太りの軍鶏、重富利次郎だ。それを痩せ軍鶏の松平辰平が悔しそうに見ていた。磐音は頷くと、

「お願いします」

と受けた。

打ち込み稽古をしてみると、利次郎の剣風はひたひたと真正面から押していく正攻法だった。面打ちと決めるとそればかりを繰り返した。機敏で自在な辰平と対照的である。だが、自分のかたちにとらわれるあまり、あちらこちらに隙が見えた。それを直すには道場で汗を流し、場数を踏むしかない。

磐音は敢えて隙を突かず、利次郎の愚直ともいえる正面攻撃を受け続けた。それでも打ち込む利次郎の腰と足がふらつき始め、四半刻後には床に這い蹲って、

「参りました、お稽古有難うございました」

と気息奄々に礼を述べた。

その様子を見ながら辰平は磐音に近付こうとはしなかった。

道場は昨日よりもさらに人数が少なかった。

大名や旗本家などに奉公する者には年の瀬の御用が溜まっているのだろう。それに正月三が日は将軍家への御礼登城もあり、その準備もあった。

大晦日の佐々木道場の稽古に出る者は、住み込み門弟とか磐音のように奉公のない人間ばかりであった。それだけに熱の籠った稽古が続けられた。

その者たちが道場に姿を見せたのは五つ半（午前九時）の刻限だった。

「辰平、むさい住み込みなんぞはよせよせ。ほれ、これから千住宿なんぞへ繰り出すぞ」
七、八人の集団は縞縮緬のぞろりとした羽織の下に役者染めの小袖を着込み、裾端折りの下には股引、あるいは網代笠を被り、女もののような小袖をぞろりと着流した者など、流行の衣装の旗本奴たちだ。
どうやら松平辰平の遊び仲間らしい。一団の中には二人ばかり辰平と同じ年頃の若者がいた。

「池内様」

辰平が、傍若無人に道場に押し入ってきた一団の頭目に困った顔で呼びかけた。

「おおっ、そこへおったか。剣術などというものは辰平、道場稽古でものになるものではないぞ。まずは修羅場を潜ることが肝要だ。つまらぬ真似はせず、ほれ、われらと同道せえ」

池内と呼びかけられた大兵は若衆髷で、派手な小袖の上に両袖が蝙蝠の羽のように膨らんで丈の短い蝙蝠羽織を着込み、大小の拵えも金塗りと、万事に目立つ格好だった。木刀を肩に担いでいる者もいた。

歳は二十五、六歳にはなっていよう。

大身旗本の次男か三男、部屋住みながら小遣いには困らないという顔付きをだれもがしていた。

「ただ今は稽古の最中である。礼儀も心得ず道場に入ってくるとはどういうことか」

師範の本多鐘四郎が叱声を上げた。すると池内がじろりと鐘四郎を見て、

「われらが仲間の辰平を貰い受けて参る」

と平然とした態度で吐き捨てた。

「ならぬ」

鐘四郎も毅然と応じた。

「世間に名高き佐々木道場がいかほどのものか、試してみようか」

鐘四郎が見所にあった佐々木玲圓を振り返った。

その隙を突くように、一人の小姓姿の男が担いでいた木刀を鐘四郎へと叩き込もうとした。鐘四郎の死角にいた男だ。

磐音の手から袋竹刀が飛び、その男の派手な袴の足に絡まり、床へと倒れ込んだ。木刀も手から飛んで床に転がった。

「おのれ!」

と飛び起きた小姓が刀を抜いた。

「呆れ果てた者どもかな。本多、磐音、道場の外へと放り出すがよい。じゃが、その前に……」

とにやりと笑う玲圓の無言の命に、鐘四郎は手にしていた木刀を、磐音はかたわらの弟子から借り受けた袋竹刀を構えた。

「先生の命だ。そなたらを放り出す前に、道場稽古というものがどういうものか、味わわせて遣わす」

鐘四郎が宣告した。

「おのれ、ぬかしおったな。池内大吾(だいご)の修羅場剣法を見せてやる」

池内の声に八人の者たちが一斉に抜刀した。

「池内様、およしくだされ」

と辰平が制止の声を上げた。それが却って仲間たちの闘争心に火を点けたようだった。

「辰平、よく見ておれよ」

鐘四郎と磐音は、池内たちが十分に身構える時を与えた。

「よいのか、その構えで」

鐘四郎が池内らを睨み据え、磐音に目顔で、

「よいな」

と合図を送ってきた。

鐘四郎と磐音が左右に分かれて、踏み込んだ。

池内らも二手に分かれて二人を囲もうとした。だが、遊び暮らす者どもと道場で日々研鑽してきた鐘四郎と磐音では打ち合いにもならなかった。

「ほれほれ、頭も胴も隙だらけだぞ」

「小手を打たれたくらいで刀を取り落とす者がおるか」

「もはや腰がふらついてきたか」

と鐘四郎が叫びつつ飛び回りつつも、木刀を振るい、自在に叩きのめした。

磐音も、剣を無闇に振り回す相手の腰や肩口を袋竹刀で叩き、道場の床に次々と這わせていった。

一瞬の内に七人が床に倒れ、残るは池内大吾一人だけになった。

「坂崎、頭分は手強そうだ。われら二人でお相手いたそうか」

「はっ、畏まりました」

鐘四郎がにたりと笑い、木刀を突き出すと、池内の顔が真っ赤に染まり、

「おのれ、馬鹿にしおって」

上段に振りかぶった剣を鐘四郎の面体に叩き付けた。

鐘四郎が巨漢の内懐に飛び込むと、木刀の先で、
ちょん
と胸を突いた。

よろよろと腰砕けによろめいた池内が磐音のほうへと寄ってきた。

磐音の袋竹刀が小手を叩くと、その手から剣ががらがらともの哀しい音を床に響かせて転がった。

「御免」

磐音が声を発すると、棒立ちの池内の額に袋竹刀を、
びしり
と叩き込んだ。

巨体の腰ががくんと沈み込んで、道場の床に、
ずでんどう
と倒れ込んだ。

「大掃除のついでじゃ。この塵を表に放り出してくれぬか」

鐘四郎が見物していた門弟たちに命じると、

「畏まって候」

とばかりに門弟たちが、倒れた旗本奴らの手足を取って神保小路へと運び、

「そうれ、二度と参るでない」

と放り出した。

道場では泣きそうな顔で松平辰平が立っていた。

「辰平、仲間と一緒に参るか」

師範の鐘四郎に言われ、辰平が顔を横に振った。

「ならば奥へ行き、道場を騒がせたそなたの朋輩らの所業、先生にお詫びをして

参れ」

すでに見所から玲圓の姿は消えていた。

「はい」

蚊の泣くような声で答えた辰平が、道場に隣接する玲圓の居室へとすごすごと向かった。

「苦い薬になればよいがな」

その後ろ姿を見て鐘四郎が言った。

「大丈夫ですよ。辰平どのはあの朋輩ほど愚かではございますまい」

「そうあればよいがな。近頃の若い者の考えはさっぱり分からぬでな」

と鐘四郎が首を傾げた。

道場の帰り、今津屋に立ち寄ってみると、昨日にもまして店先は客で溢れていた。だが、帳場格子の中には老分番頭の由蔵がいて、店の内外をしっかりと見張っていた。

「おや、後見、今日も見えられましたか」

由蔵が帳場格子からおいでおいでをした。昨日、来たことも承知していたようだ。

「いよいよ押し詰まりましたが、お加減はいかがですか」

「この程度の忙しさは朝飯前ですぞ」

と胸を張り、

「ちょいと裏で話がございます。お先に行ってくださいな」

と台所を指した。

女の戦場の台所も活気に溢れていた。大勢の奉公人や三が日の年始の客のための御節料理が作られていたからだ。

おこんは陣頭指揮の様子で、料理人らしい二人の男が加勢に加わっていた。

「あら、いらっしゃい」

おこんが火鉢の側を指し、磐音が、

「今、老分どのも見えられます」

「そこの皿にお握りがあるわ。今、お茶を淹れるから食べててね」

今津屋の昼餉は鶏肉の炊き込みご飯を握り飯にしたものらしい。それが大量にいくつもの大皿に盛られていた。

今津屋の年の瀬は、奉公人が膳の前に座って食事を摂る暇がなかったのだ。手隙の者が台所に来て、握り飯を立ち食いで食べ、また急いで仕事に戻っていった。

「馳走になります」

だれに言うともなく呟いた磐音は握り飯を頬張った。

「これは美味しい」

磐音はおこんが淹れてくれた茶で握り飯を四つ食べ、ほっと一息ついた。する
と目の前に由蔵が座っていた。

「おられましたか」

「坂崎様は、食べておられると目の前になにがあっても気が付かれませぬな」

と由蔵が感心したように言い、

「小田原からお佐紀様が見えますぞ」

と告げた。

「ほう、それはいつのことです」

「儀左衛門様と右七様が話し合い、小正月の十五日には三人で江戸へ出て来られ
ます」

「それはよかった」

「なにしろ小清水屋さんは小田原宿の脇本陣でございますからな、参勤交代の季

節になれば暇も取れませぬ。ちと慌ただしいが、正月のうちにお見合いをしようということに相成りました」

「これからが老分どのの腕の見せどころですな」

「坂崎様、そなたは今津屋の後見、こたびのお見合いの後見でもございますぞ。しっかりとこの由蔵を助けてくだされよ」

と命じた。

「無骨なそれがしがなにかお役に立ちましょうか」

「坂崎様がその場にいるいないでは、雰囲気が全く変わります。後見は控えておられるだけでよい、われらは大船に乗った気分ですからな」

と笑い、握り飯に手を出した。

三

静かに安永四年が暮れ、新しい年がやってきた。

磐音はその年末年始、今津屋に泊まり込んだ。

今津屋は江戸六百軒の両替商筆頭の行司、大晦日にはどうしても大金が動く。

よからぬ考えの者たちが押し入らぬとも限らぬと、由蔵が磐音に用心棒を願ったのだ。

多事多難の年も暮れ、商いも無事蔵仕舞いができた。

年越し蕎麦を食べた奉公人たちは死んだように眠りに就いた。その二刻（四時間）後には今津屋の通用口が開いて磐音が顔を出した。

米沢町から浅草御門が真っ白になっていた。

霜が下りているのだ。

「おこんさん、戸締りをしっかり願おう」

と見送りに起きてくれたおこんに声をかけると、

「元旦早々から棒振りの稽古なんてしなくてもよさそうじゃない。お武家さんの考えていることは分からないわ」

とおこんが送り出した。

磐音は米沢町から神保小路の佐々木玲圓道場へと、霜の降りた町を早足で向かった。すでに住み込みの門弟たちが道場の掃除を始めていた。

磐音も直ちに稽古着に着替え、雑巾を手にした。固く絞った濡れ雑巾で黙々と床を拭く男たちの中に、

「痩せ軍鶏の辰平」

の姿が見えなかった。だが、もう一人の新入り軍鶏、重富利次郎は小太りの背を丸めて、道場の端から端まで一心不乱に掃除に精を出していた。

磐音もその列に加わった。

掃除が終わった頃合い、佐々木玲圓が現れ、全員で見所の壁に嵌め込まれた神棚に向かい、新年の拝礼を行って稽古が始まった。

いつもどおり、磐音は木刀の素振りから稽古を始めた。丁寧に体の歪みや筋肉の動きを気にしながら、基本に忠実に木刀を使った。すると寒さに縮こまっていた体の奥の筋肉までが滑らかに動きだすのを感じた。

「磐音、相手をいたせ」

この年、玲圓が最初に相手に選んだのは磐音だった。

「お願い申します」

佐々木玲圓と坂崎磐音の打ち込み稽古は互いが攻守を交代しつつ、ゆるやかに堂々と繰り返された。二人が木刀を交わす空間には、何人（なんぴと）も入り込めない神聖で濃密な戦いの気配が支配していた。

朝稽古が終わってみると、元旦にもかかわらず五、六十人の門弟たちが道場に集っていたことが分かった。

大名家、大身旗本家に奉公する者は、三が日に分かれて御礼登城の供があった。そんな中、これだけの門弟が集うのは江戸でもそうあるまい。

師範の本多鐘四郎が磐音に、

「師匠のお許しを得て、軽く一献いたす。坂崎、残らぬか」

と声をかけたが、

「それがし、年末年始と今津屋の用心棒を引き受けておりますれば、この足にて戻ります」

「仕事ならば引き止めまい。鏡開きには大いに飲もう」

と応じた鐘四郎に磐音が訊いた。

「辰平どのの姿が見えませぬな」

「痩せ軍鶏か。昨日、屋敷から遣いが来たゆえ戻らせてくれと願いおった。そこで許しを与えたが帰って参らぬ。悪い仲間に引き止められたということもあるまいがのう」

鐘四郎は辰平の身を案じた。

磐音はそのことを気にしながらも佐々木道場から今津屋に戻った。するとおこ

んが湯銭と手拭いと着替えまで用意して待ち受けていて、

「朝湯に行ってらっしゃい」

とその足で送り出された。

新年の湯屋にも正月気分が溢れており、客はいつもの湯銭のほかに何がしかの気持ちを包んだおひねりを番台に盛り上げていく。磐音もおこんに持たされたおひねりを載せ、

「新年おめでとうござる」

と島田に結い上げた加賀大湯の女房に挨拶した。

「今津屋のお侍様だねえ、おめでとうさん」

洗い場も湯船も町内の隠居や年寄りが多かった。

大つごもりの夜、商家の店仕舞いは夜半である。頭領や職人たちも、掛け取りに行ったり借金の清算に回ったりと、夜遅くまで起きていたのだ。

江戸町人の元旦はのんびり朝寝と決まっていた。だが、町内には暇を持て余している隠居や年寄りがいて、湯船に白髪頭が並ぶのは仕方ないことだ。

磐音はそんな年寄りの間に体を沈めて、

「気持ちよいな」

と独り言を言った。

「お侍、吉原田圃からの帰りかえ」

隠居の一人が声をかけてきた。

「残念ながら艶っぽい年始ではござらぬ。朝稽古です」

「なんだえ、正月早々剣術の稽古かえ。無粋だねえ。おれの若い頃なんぞは、鐘の音を聞きながら、品川から内藤新宿へと順繰りに馴染みの女郎に挨拶して回ったもんだがねえ」

「この次、手解き(てほど)をお願いいたそう」

「しなびた一物にこの白髪頭じゃあ、女郎の相手もできめえよ。声をかけるのが十年、いやさ、二十年前ならね」

町内の湯屋は元旦から長閑だ。

稽古の汗を丁寧に流して今津屋に戻るとおこんが、

「さあっ、この小袖と袴に着替えて」

と用意していたお納戸(なんど)色の真新しい小袖と袴に着替えさせられた。

「おこんさんのお供となると身嗜み(みだしな)が要るようだな」

磐音はそう呟きながら着替え、

「おこんさん、これでどうだ」

と廊下で待つおこんの点検を受けた。

「ちゃんと身なりを整えれば、なんといったって中身は大名家の国家老のご嫡男だもの、それなりに風格は滲み出るものね」

おこんは昨日のうちに結い上げた島田髷から櫛を抜き、磐音の鬢の乱れた髪を撫で付けてくれて、

「これならどこに出しても恥ずかしくないわ」

と今一度磐音の格好を見回した。

「ならば参ろうか」

磐音はおこんに昨年のうちから、

「初詣でに行くの、付き合って」

と頼まれていたのだ。

二人は浅草橋を渡り、神田川の北の土手を新シ橋、和泉橋、筋違橋、昌平橋と横目に見て川上へと上がり、湯島横町から北側の町屋へと入り込んだ。

おこんが安永五年（一七七六）の初詣でに選んだのは、聖堂裏、商売の神様の神田明神と学問の神様の湯島天神だ。すでに初詣での人が神田明神の境内に詰め

かけ、参道には露店が沢山軒を連ねていた。

磐音は人込みで別れ別れにならないようおこんの手を引いて拝殿まで進み、頭を垂れた。そのとなりで上気したおこんがお参りした。

湯島天神へ向かう道も大勢の人で溢れていた。

「なにを祈ったか当ててみましょうか」

とおこんが磐音に言った。

「おこんさんは八卦も見られるか」

「八卦なんて大層なことをしなくても、坂崎磐音が神様にお願いしたのは一つだけよ。だれかさんの息災と幸せよね」

おこんは、許婚だった奈緒こと吉原の白鶴太夫のことを言った。

「おこんさん、それは遠い遠い世界の話にござる」

と正直な気持ちを告げた磐音は、

「おこんさんはなにを祈られた」

と反対に訊き返した。

「まずは今津屋の商売繁盛と、旦那様とお佐紀様のお見合いがうまくいきますようにって」

「今年は今津屋の奥が変わりそうだな」

「だって大店の旦那様が独り者では格好がつかないわ。お佐紀様が今津屋を気に入ってくれるといいのだけど」

「こればかりは傍が心配してもどうにもならぬ。お二人の相性ゆえな」

「老分さんと坂崎さんの二人が気に入ったお佐紀様だから、きっとうまくいくわ」

「おこんさん、今津屋どののことは別にして、ご当人はどうなのかな。金兵衛どのが心配しておられたが」

「どてらの金兵衛さんの心配は口先だけよ。私ははっきりしているわ、ただ、相手にその気がないだけ」

というおこんの言葉に磐音は何も答えられなかった。こればかりは磐音にもどうしていいか分からぬ問いだった。

文和四年（一三五五）に古松に勧請された湯島天神の境内も、大勢の参拝の人出で混雑していた。

磐音は人込みの拝殿前に、痩せ軍鶏の松平辰平のひょろりとした背中を見た。

辰平は若い町娘を連れて、熱心に祈っていた。

磐音が人込みを掻き分けて近付こうとすると、辰平と愛らしい娘は社殿の脇の人込みに紛れてしまった。

磐音は辰平の必死に祈る横顔が気になった。

「だれか知り合いがいたの」

おこんが磐音の視線を訝しく感じたか訊いた。

「佐々木道場に新しく入った住み込みの門弟、松平辰平どののようだ」

とおこんの手を引いて社殿に向かいながら、辰平のことを話した。

「屋敷に帰ったのではなかったの」

「はて」

「娘さんに惑わされるようでは、剣術もものにならないかしら」

「稽古に励み、体ができてくればなかなかの剣者になるのだがな」

「若いうちはいろいろと迷うものよ」

「国許の父上と母上のご健康をお祈りしよう」

とおこんに聞かせるでもなく呟いた磐音は神殿に向かい、二礼二拍手一拝した。

そのかたわらから、思わず洩らしたおこんの溜息が聞こえた。

拝礼を終えた二人は破魔弓と破魔矢を購い、再び神田川の土手を通って店に戻った。

刻限は昼前のことだ。

台所ではすでに昨年の内から用意されていた御節振舞の料理が広間に出すばかりに並んでいた。

今津屋では例年、主の吉右衛門以下奉公人全員が奥座敷に膳を並べて新春の祝いを催すことに決まっていた。

お艶が亡くなり、どことはなしに寂しい正月の祝いが続いていた。だが、それも三回忌を過ぎれば、奥に新しい内儀を迎えることになるかもしれない。そうなればそうなったで、奥は奥、店は店の暮らしが始まるだろう。

吉右衛門だけが主の座に座る正月の宴も今年で終わりにしたいという由蔵やおこんの強い思いが、新春の膳をさらに賑やかなものにしていた。

小僧の宮松と登吉(とうきち)が、

「登吉、見てみろ。今年の正月は去年よりも鯛が一回り大きいぞ」

「甘い物に蜜柑(みかん)もあるぞ」

とひそひそと言い交わして、手代の保吉(やすきち)に、

「小僧さん方は正月早々食べ物にしか目がいきませんか」

と皮肉を言われた。

「保吉さん、今年の正月は格別ご馳走と思いませんか」

「それは思いますがね」

と酒好きの保吉が思わず舌なめずりをして、お造りを眺めた。

そんな席にかたちばかりの、

「後見」

を務める磐音も呼ばれていた。

大広間や控えの間の境の襖が取り外され、六十いくつもの膳が並ぶ光景はなかなか壮観だった。

床の間には松竹梅が見事に生けられ、白米の上に橙(だいだい)、蜜柑、橘(たちばな)、串柿(くしがき)が飾られ、伊勢海老(えび)が反り返る蓬莱(ほうらい)飾りも、年の始めならではの風物だ。

「おうおう、これはまるで祝言の席のようですよ」

由蔵は膳が長々と並ぶ光景を見て、

「さあさ、皆さん、席に着きなされ。旦那様をお呼びしますよ」

と命じて男衆(おとこし)、女衆が座に着いた。それを見届けた由蔵が吉右衛門を呼びに奥へと行った。

「旦那様、新春の膳の仕度ができましてございます」

吉右衛門は継裃姿で仏間にいた。

「私にもご先祖様とお艶様に新年のご挨拶をさせてくださいませ」

と許しを乞うた由蔵が線香を手向けて鈴を鳴らし、

「旦那様、お艶様には由蔵の企みを報告なされましたかな」

と訊いた。

「申しましたとも」

「お艶様からなんぞお答えはございましたかな」

「ありましたよ」

振り向いた由蔵が吉右衛門の顔を見た。

「老分さんの申されるとおり、後添いを貰う頃合いだと返答がございましたよ」

「それはようございました」

と破顔した由蔵が仏壇を振り向いて姿勢を正し、

「お艶様、由蔵の勝手な振る舞いお許しくださいませ。これも旦那様のお側に仕える奉公人の務めでございましてな、私の目の黒いうちに今津屋の後継をしっかりと見ておきたいのでございますよ。どうか悋気なんぞを起こされませぬようにお願い申します」

と頼み込み、吉右衛門も、

「お艶、すべてはそなたの三回忌の供養を済ませてからですよ」

と報告した。

磐音の席は吉右衛門の左隣で、反対側には老分番頭の由蔵が座すことになっていた。

「おこんさん、それがしの席を下座に回してもらえぬか」

と願う磐音に支配人の和七が、

「後見とは、お店の後見にして主の後見ですよ。旦那様のお相手を願います」

と笑いかけた。

「この期に及んでじたばたしてもしようがないわ」

おこんも取り合わない。そこへ吉右衛門と由蔵が姿を見せて着座した。

座が静かになり、吉右衛門が、

「新玉の年、明けましておめでとうございます」

との挨拶に奉公人一同が、

「新年おめでとうございます」

と応えた。

「日頃こうして席を同じゅうすることは滅多にございません。今年もどうかしっかりと商いに精を出して働いてくだされよ」

「承知しましてございます」

吉右衛門の挨拶に応じた由蔵が、

「今年は、一昨年お亡くなりになったお内儀お艶様の三回忌の法要もございます。商いとは別に旦那様の身辺もお忙しいことと相成ります。皆さんも心を引き締めてな、新しい変化に対応してくだされよ」

と言外に吉右衛門の再婚話が進行していることを告げた。むろんこの言葉でそのことを察したのは古手の奉公人たちだけだ。

老練の奉公人はだれしも、内儀不在のことと同じように後継のいないことを気にしていたからだ。

夕暮れ、磐音はおこんからの預かり物のお重を提げて金兵衛長屋に戻った。

「金兵衛どの、おこんさんから御節料理を預かってきました」

「お武家様にお重なんぞを持たせやがって、なんという娘だ」

と答えながらも、どこか嬉しそうな金兵衛だった。

「どうです、一杯飲んでいかれませんか」

「今津屋で深々と馳走になりました。酒も御節も十分です」

「なら、茶など淹れましょうかな。お上がりなさい」

磐音は金兵衛に居間へと招き上げられた。

火鉢には餅網がかけられ、今しもぷっくりと餅が膨らもうとしていた。

「これは美味しそうな」

「餅ならば別腹ですよ」

金兵衛に言われて、磐音は二つほど海苔で巻いた餅を食した。

「今津屋さんにはなんぞ変わったことがありそうですかな」

「変わったこととはなんでしょうか」

「さすが坂崎さんは口が固いとみえる。おこんが昨年末に顔を見せて、老分さんと坂崎さんの鎌倉行きには吉右衛門様の再婚話が絡んでのことと、つい洩らしましたよ」

「ご存じでしたか」

「お相手はなかなかの方のようですな」

「聡明な上に見目麗しく、この小正月には江戸に出て参られるそうです」

「いよいよ吉右衛門様とご対面ですか。うまくいくとよいがな」

「吉右衛門どのとお佐紀どの、お会いになればまずうまくいくと思います」

「坂崎さんがそう言われるんだ。今津屋には正月早々瑞兆の到来で、目出度いことですよ」

と一人首肯した金兵衛は、

「となると、残るはうちのおこんだぞ」

と腕組みをして考え込んだ。

「なんぞ思案がございますか」

その態度に思わず磐音は訊いていた。

「坂崎さん、それなんだよ。おまえさんだから言うけどねえ、しばらくはおこんにも内緒にしておいてくださいよ」

「はい、なんでござろうか」

「おこんを嫁に欲しいという申し出が、仲人を通してありましてな」

「ほう、相手はどなたですか」

と答えながら磐音の胸は立ち騒いだ。

「新川の酒問屋の跡取りですよ、歳は二十五とか。おこんももう中年増だ、互いに歳に不足はねえと思うんですがねえ。ともかくさ、今津屋の旦那が後添いを貰いなさることが先決だ。そうすればおこんも今津屋を辞め易くなるからね」

と金兵衛は独り思案を巡らした。

四

正月の三日が明けて四日の朝、佐々木道場には未だ松平辰平の姿がなかった。

だが、弟子たちの数は三が日の倍に膨らみ、いつもの活気が戻っていた。

朝稽古を終えた磐音が井戸端で肌脱ぎになって汗を拭いていると、住み込み師範の本多鐘四郎が顔を見せ、言った。

「坂崎、ちと付き合うてくれぬか」

「どちらにお供しますか」

「昨日、痩せ軍鶏の屋敷の用人どのが、辰平の様子を密かに聞きに道場に参られた。年末から屋敷に戻っておることを申し述べると驚愕してな。辰平の母御の命で様子窺いにきたようだが、この分ならばあの悪たれ仲間に戻ったと思しい。先生が仰るには、ちと甘やかしすぎた末がこのような体たらくを生み出した、本人が自覚せぬ以上は無理じゃのう、とな。だが、縁あってうちの門を潜ったのだ。連れ戻せるものなら連れ戻したい。辰平探しに行こうと思うのだが同道してくれぬか」

磐音は鐘四郎の優しい心魂に打たれ、即答した。

「承知しました」

「先生には内緒だ。そのへんはよろしゅうにな」

二人は稽古着から普段着に着替えると、まだ正月気分の漂う神保小路を出た。

松平邸のある稲荷小路も神保小路も御城のすぐ北側にあって同じ町内のようなもの、歩いてすぐの距離だ。

磐音は道中、元日の湯島天神で辰平を見かけたことを鐘四郎に告げた。

「なにっ、娘と一緒とな。悪たれ仲間に戻ったのではなかったのかのう」

鐘四郎は呆れた顔をした。

「師範、それにしては辰平どのの真剣な横顔がちと気にかかります」

「となると探し方が違うか」

とにかく二人は旗本松平家の拝領屋敷を訪れ、用人に面会を求めた。

式台前には年始参りの仕度がまだあった。そこへ初老の用人が慌ただしく姿を見せ、

「辰平様は道場に戻られましたか」

「いや、戻らぬでな、悪たれ仲間に訊こうと思うて伺った次第」

「それはご苦労に存じます」

「道場に押しかけた者には辰平と同じ年頃の者が混じっておったが、その者たちに会おうと思う。屋敷を教えてもらえぬか」

鐘四郎と磐音が話し合ってきたことだ。

「ああそれならば、一人は淡路坂の直参旗本三浦梅太郎様ご次男の光次郎様にございます。屋敷の門は神田川に面しております」

磐音は用人に訊いてみた。

「辰平どのには初詣でに行かれるような、親しき仲の町娘がおられようか」

「町娘にございますか」

と用人は頭を捻った。どうやら心当たりはない様子だ。

「それならば結構にござる。思い違いにございましょう」

磐音は用人を心配させぬようにただこう言い足した。

淡路坂は昌平橋際から神田川沿いに延びた坂で、磐音の友、蘭方医の中川淳庵の奉公する若狭小浜藩酒井家の屋敷近くだ。

三浦邸は淡路坂の中ほどにあった。

神田川を挟んで昌平坂の学問所、聖堂の甍が望め、その裏手には神田明神、湯島天神があった。

本多鐘四郎が、松平家の意を酌んで訪ねてきたと玄関番の若党に前置きして、光次郎どのは屋敷におられようかと尋ねると、次男坊は折りよくいた。若党に呼ばれて姿を見せた光次郎は右腕を三角巾で吊っていた。

その顔が二人を見て驚きに歪んだ。

「あいや、光次郎どの、ご安心なされ。本日は辰平のことを尋ねに参ったのじゃ」

鐘四郎が急いで用件を述べると、若党を去らせた光次郎が、

「辰平がどうした」

とふて腐れたように訊いた。

「そなた、辰平の行方を知らぬか」

光次郎が鐘四郎の顔を見て、

「辰平め、道場から逃げ出したか」

「そういうことだ。年末のうちに屋敷に用事があると道場を出たまま戻らぬ。うちはどうでもよいが、辰平の母者(ははじゃ)が案じてなさるでな、かくの如く訊きに参った」

光次郎は三角巾で吊った腕をもう一方の腕で抱え、

「ひどく叩いたな、痛むぞ」

と愚痴を言った。

「過日のことか。うちの道場ではあの程度の打ち込みは軽いほうだ。そなたも辰平と一緒に稽古に参らぬか。あの怪しげな仲間の使い走りをいたすよりなんぼかましだぞ」

と鐘四郎が笑いかけ、

「辰平はどこにおる」

と念を押して訊いた。

光次郎は迷う体(てい)で考え込んでいた。

「元日に、湯島天神の拝殿前で町娘と参拝しているのを見かけたが、その愛らしい娘御はどなたかかな」

磐音の問いに光次郎の顔が変わった。

「どうやら承知のようだな。申してくれぬか。ちとお節介とは思うが、辰平が折角志した剣の道を挫折させたくないでな」

光次郎はそれでも迷うように口を閉ざした後、

「娘は、湯島天神下の甘酒屋ふじくらの娘のおうめだと思う。おうめと辰平は仲がいいんだ」

と答えた。

光次郎も心から悪ではないようだ。

「辰平はおうめ恋しさに道場を抜け出したと思うか」

鐘四郎が訊いた。

「おうめは辰平が池内大吾様の組を抜けて、佐々木道場の住み込み門弟に入ることを喜んだと聞いたけど、辰平とおうめの二人は年の瀬の逢瀬を約定していたかなあ」

と光次郎は首を傾げ、

「池内様もおうめを憎からず思っておる。もし辰平とおうめが一緒にいると知れたら厄介だぞ」

と怯えた顔をした。

「おうめという娘に会うてみよう」

と言った鐘四郎が、

「そなたも怪我が治ったら佐々木道場に参れ。池内などという馬鹿者との付き合いを絶つよい機会だぞ。よいな」

と光次郎を強く諭した。

光次郎はなにか言いかけ、口を閉ざした。

「なんぞ懸念があるのか」

「池内様は執念深い。あの仲間を抜けるのは容易ではない」

「道場に参れ。さすれば池内などに指一本触れさせぬようにして遣わす」

「池内様の仲間には命知らずが何人もいるのだぞ」

若い光次郎はますます怯えた顔をした。

湯島天神下の甘酒屋ふじくらは、お参りに来る客を相手に甘酒から甘味、酒まで出す店だった。小さな庭にはすでに早咲きの白梅紅梅が凜とした花を咲かせ、香りを放っていた。

鐘四郎と磐音は参拝客のような顔で庭に置かれた縁台に座り、名物の甘酒を注文して、鐘四郎が小女に訊いた。

「こちらの娘御、おうめさんはおられるか」

小女が頷き、奥へ入っていった。しばらくすると黄八丈を着た初々しい桃割れの娘が、怪訝な顔で磐音たちのもとへ来た。

ふじくらの看板娘がおうめだった。

磐音はその娘が元旦に見た娘だと即座に分かった。

「われらは佐々木道場の門弟、本多鐘四郎と坂崎磐音じゃ。そなたに辰平のことを訊きに参った」

おうめがはっとした顔をし、小声で言った。

「お父っつぁんにもおっ母さんにも内緒のことにございます」

「承知した。ならば甘酒を頂戴したらすぐに辞する体をとる。店の外で話を聞かせてくれるか」

「南の参道門前にてお待ちください」

と答えたおうめが奥へと戻った。

四半刻（三十分）後、鐘四郎と磐音が待つ湯島天神南の参道におうめが姿を見せた。

「おうめ、われらは辰平が悪たれ仲間から抜け出し、立ち直るのを手助けしたい。それはそなたも同じ気持ちであろう」

「はい」

「辰平はどこにおる」

おうめはしばし迷った。

「おうめどの、年の暮れに辰平どのを呼び出したのはそなたか」

磐音の問いにおうめが頷いた。

「事情を話してくれぬか」

「大晦日、池内様が剣術家数人を伴い、うちの店に参られ、酒を飲まれました。その折り、佐々木道場に遺恨があるとか、辰平様を道場から連れ出した上に恨みを晴らすとかなんとか相談しているのを耳にしました。それで私、辰平様に文を届けさせたのです。そしたら、その夜、辰平様が店においでになりました」

「道場を出たのはそなたの文のせいか」

「私は辰平様に危難を知らせたかったのです」

「相分かった。そなたは辰平どのに事情を話したのだな」

「はい」

「辰平どのはなんと答えたな」

「池内様方が佐々木道場に仕掛けようとてびくともせぬ。この話には裏があると言われました」

「うむうむ、それで」

と鐘四郎が続きを促した。

「辰平様は、わざとおうめちゃんの耳に話を吹き込んだような気がする、池内様はそのような方だ、と申されまして、佐々木道場よりもおうめちゃんの身が心配だと……」

「それで辰平はそなたの近くに残ったか」

おうめが頷いた。

「また池内様が姿を見せたら、辰平様に知らせる手筈になっております」

「おうめ、辰平はどこにおるのだ」

「池之端仲町裏に叔母が家作を持っております、その長屋に」

「そなたの父御も母御もそのことを知らぬのだな」

「叔母は常磐津のお師匠さんで、私のお父っつぁんを商売一辺倒の堅物だと申しておりますす。だから、今度のことも内緒で辰平様の世話を引き受けてくれたのです」

「よし、辰平に会おう。案内してくれ」

鐘四郎の頼みにおうめが頷いた。

不忍池の南側、池之端仲町の裏手に、常磐津の女師匠文字清の小体な家と棟割長屋があった。

だが、三人が訪ねると、辰平が寝泊まりする長屋にはだれもいなかった。

「叔母さん」

と文字清の玄関口からおうめが声をかけると、

「おや、おうめちゃん、辰平様と行き違いかえ」

と婀娜っぽい姿の文字清が問い返してきた。

「辰平さんは出かけたの」

「あら、おうめちゃんから呼び出しだと、最前出ていったよ」

「私、呼び出したりしないわ」

おうめの声が震えた。

「あら、まあ、どうしたんだろうね。どこぞの小僧さんがおうめちゃんの遣いだと、辰平さんを訪ねてきたわよ」

「それで辰平さんは出かけたのね」

おうめの引き攣った顔が磐音と鐘四郎を振り向いた。

「どうやら池内が動きだしたな」

鐘四郎が磐音を見た。

「辰平どのがあちらの手に落ちたとなると、道場かおうめどのの店に連絡が入りましょうな」

「先生には内緒の話だ。道場にはおれが戻っていたほうがよかろう」

「ならば、それがしがおうめどのの身辺に気を配ります」

鐘四郎と磐音は池之端仲町の通りで二手に分かれ、磐音はおうめの供をして湯島下に行くことにした。

「お侍様、辰平様は大丈夫ですよね」

おうめが不安を紛らわすように訊いた。

「ここは落ち着くことが肝心でな、おうめどのが慌て騒いで池内らの奸計に落ちぬことだ」

磐音は、どんな手段で連絡があろうと一人で行動せぬことを誓わせ、いくつか知恵を授けた。

おうめは利発な娘なのだろう、磐音の言うことを頭に刻み込むように聞き届けると、

「お侍様はどうしておられます」

「ふじくらとそなたを見張る。よいな、それがしの姿が見えぬとて怖がることはない。そなたをどこからか見張っておるでな」

「はい」

湯島下のふじくらに戻る前に磐音はおうめの側を離れた。

昼下がりの刻限がゆるゆると過ぎていった。さらに夕暮れが訪れた。すると江戸の町は急に冷え込んだ。風も出てきたようだ。

ふじくらが暖簾を下ろし、灯りを落とした刻限、職人風の男が店を訪れ、なにかを渡して去った。

半刻（一時間）後、ふじくらの通用口からおうめがひっそりと姿を見せ、湯島天神への石段を上がっていった。だが、そのおうめが石段の前に、着物の裾に這わせるようにして結び文を落とした。

磐音へ残したものだ。

暗がりに、その結び文がいつまでも白くぼうっと残っていた。

四半刻後、おうめが落とした結び文に、片手に木刀を携えた影が忍び寄ったところに、さらに別の影が近付いて、結び文を拾い上げた第一の影に当て身を食らわした。

倒れた第一の影から結び文と木刀だけが持ち去られて、暗がりの無言劇は幕を下ろした。

五つ半（午後九時）の頃合い、寒風が吹く湯島天神の境内におうめだけが立っていた。結び文に呼び出されたおうめは寒さを堪（こら）えてひたすら待ち続けた。

四つ（午後十時）の時鐘が湯島天神に響いてきて、南の参道にもう一つの影が現れた。

「辰平、おるか」

本多鐘四郎の声だった。

「本多様」

おうめが本多に呼びかけた。

「おうっ、そなたはおうめか」

「辰平様に呼び出されました」

「おれも辰平の名で呼び出されたが、大方どこぞの愚か者の仕業であろう」

二人の会話が合図のように、拝殿の背後から数人の影が立ち現れた。

その先頭にはひょろりとした松平辰平らしき影があった。

「辰平様」

おうめが呼びかけ、

「おうめ、すまぬ。そなたの名前に惑わされて呼び出されてしまった」

辰平は腰に回した縄で後ろ手に縛られ、その先端をもう一つの影が摑んでいた。

「辰平、なぜ正直に打ち明けなかった」

と鐘四郎が叱咤（しった）した。

「師範、申し訳ございませぬ」

影の後方に控えていた巨漢が、

「もう一人足りぬな」

と言った。

池内大吾だ。

雇われ剣術家か、袖無し羽織を着た三人が池内のかたわらに控えていた。

「池内、直参旗本の身分をなんと心得る。まるでやくざ者の所業ではないか。そなたが金子で集めた仲間など、直心影流佐々木道場師範本多鐘四郎一人で十分じゃ。きつく懲らしめてくれん」

「役者が足りぬが、さて辰平とおうめをどうしたものか」

と池内が呟き、辰平の縛めを持つ仲間に合図した。すると、縛めを持った男が刀を抜き、辰平の首に刃を当てた。

「師範、そなたの大小を抜いて参道の暗がりに投げよ」

「多勢に無勢の上に、そのような卑怯な手まで使いおるか。呆れ果てたくず侍かな」

「過日の恨みだ。辰平の素っ首を叩っ斬るなど簡単なことぞ。おれの一声でどうにでもなる」

「池内様！」

と辰平が驚愕の声を上げ、思わぬ展開に切羽詰まった鐘四郎が、

「おのれ」

と呟いた。

「師範、刀を捨ててはなりません！」

覚悟したような辰平の声が湯島天神に響き、

「辰平様！」

おうめが絶望の悲鳴を上げた。

その直後、拝殿の回廊に一陣の風が吹き抜け、階を走り下りた影が木刀を振るって、辰平の首筋に刃を当てていた者の肩口を殴り付け、地面に這わせると、

「師範、おうめどのをお願い申す」

と叫んだ。

「おうっ、坂崎か。相分かった」

磐音はおうめを監視していた影から取り上げた木刀を片手に、辰平の背後に回り込むと、脇差を抜いて縛めを切った。

「坂崎様」

「辰平どの、話はあとだ」

「くそっ」

池内の声がして、

「おのおの方、こやつらを始末してもらおう。約定の半金はそのあとじゃ」

と叫んだ。

三人の武芸者が剣を抜いた。

「坂崎、好き放題に暴れようか」

「師範にも汗をかいてもらいましょうか」

「心得た」

その直後、湯島天神の境内にいくつもの強盗提灯が照射され、

「菅原道真公を祀りし湯島の境内を血で穢してはならぬ！」

という凛然たる佐々木玲圓の声が響いた。玲圓のかたわらには住み込みの門弟たちが白鉢巻に襷掛けで控えていた。

「おおっ、先生」

「本多、わしに断りもせず、坂崎と語ろうてかような騒ぎを起こすとは、何事か！」

「はっ、申し訳ございませぬ」

にたり
と笑った玲圓が、

「そこな武芸者ども、金子で人の命を云々するなど許されぬこと。江都を騒がすとあらば、直心影流佐々木玲圓が始末してくれん」

と朗々と叫び、境内を玲圓の門弟たちが囲んだ。

一気に戦意を喪失した三人の武芸者の手から抜き身が投げ出され、一瞬にして湯島天神の騒ぎは決着を見た。

鐘四郎が磐音の側にそっと寄ると、

「坂崎、なにやら、先生に一番よいところを掻っ攫われたぞ」

と小声でぼやいた。

第五章　白梅屋敷のお姫様

一

青山原宿村の普陀山長谷寺裏の湧水池から流れ出す細流が南に延びて、麻布広尾町の外れの天現寺橋付近で渋谷川と合流した。その合流部に毘沙門天天現寺があり、南側の流れを望む高台に幕府御典医桂川家の別宅があった。

〈桂川家の御事は、今の代より五世の祖甫筑先生と申せしは文廟（六代将軍家宣）未だ藩邸におはせし時召し出されし御外科なり。その師家は平戸侯の医師にて、嵐山甫安と申したるよしなり。

桂川、もとは大和の国の人にて、森島氏なりしが、嵐山の流れを汲むという意

にて家名を桂川と改め給ふとなり〉

と杉田玄白の『蘭学事始』は阿蘭陀医学の大家桂川家をこのように説明していた。五代将軍綱吉の奥医師に就任した初代甫筑邦教を蘭方医桂川の始祖とする。桂川家の中でも俊英と歴史に名を残すことになる甫周国瑞は四代であった。

正月九日の昼前、桂川家の別宅に女乗り物が到着した。乗り物の主は、三十二万石因幡鳥取藩の重臣、寄合職織田宇多右衛門の息女桜子だ。

当代の三代甫三国訓を補佐する甫周国瑞が満面の笑みで迎え、そのかたわらには、すでに到着していた、同じく蘭方医の中川淳庵と坂崎磐音がいた。

「桜子様、遠いところよくおいでくださいました」

「お招きにより遠慮なく参上いたしました」

桜子の供は、乗り物の陸尺の他は、お女中一人に若党二人といつもより少なめだ。連れには別室が用意されていた。

「駒井小路の屋敷にとも思いましたが、市中を離れて麻布広尾の里で親しき友同士が心置きなく酒を酌み交わし、談笑するのもよきかなと、中川先生と坂崎さんをこちらにお呼び立てしてしまいました。そこで予ての約定どおりに桜子様にもお誘いをいたしたわけにございます、ここなればたれに気兼ねも要りませぬ」

桜子は挨拶する国瑞ににこやかな会釈を返すと、磐音に向いた。

「坂崎様、ご機嫌いかがにございますか」

「それがしならば壮健にございます。桜子様も麗しきご様子でなによりにございます」

「あら、坂崎様もそのようなお口をお利きになるのでございますね」

「坂崎磐音、肚に思うたことなれば正直に申し上げます」

「じゃじゃ馬と思うておいでとばかり考えておりました」

桜子は御家騒動に絡み、若侍姿で国許から江戸へと密書を届ける大役を果たしたことがあった。だが、江戸藩邸に入る直前に反対派に見付かり、襲撃を受けた。

その折り、助勢したのが磐音だ。

「お二人とも新年早々の掛け合いはそれぐらいになされよ」

と年上の淳庵が仲に入って分け、国瑞が桂川家の別宅の離れ座敷に招客三人を案内した。

離れ座敷を取り巻く縁側には燦々と新春の陽射しが零れ、庭には何十本もの早咲きの白梅紅梅が咲いていた。一段と風格があるのは、左右に太い枝を伸ばした一本の老白梅だ。幾星霜をひねこびた老梅の主幹に止めて一輪二輪と咲く様は、満開ではないだけにことさら風情があった。

さらには庭の先には渋谷川が緩やかに蛇行する光景も見え、土手では草摘みでもしているのか、竹籠(たけかご)を抱えた母子がいた。

「なんと素晴らしい眺めにございましょう」

桜子が嘆声を上げた。

それほど見事な光景だった。

磐音も思わず、長閑で牧歌的な風景に目を奪われた。そして、国瑞が麻布広尾の里に招いた理由を悟ったものだ。

「桜子様、土地の住人はわが家のことを白梅屋敷とか老梅屋敷と呼んでおります。満開の季節にはちと早い、探梅の候ですが、私はこれから咲き揃うぞという今頃が一番好きでございます」

探梅とは早咲きの梅を観賞して歩くことだ。

「えもいわれぬとはこのことです。江戸にもこのようなのんびりとしたところがあるのですね。桜子は存じませんでした」

「さりながら桜子様の見目麗しきお姿には、梅屋敷の白梅紅梅も顔色なしにございます。いやはや桜に梅が揃い、わが別邸始まって以来の見物です」

「御典医はさようにお口がお上手なのですか」

「いえ、私も坂崎さんと同じく肚に感じたことを正直に申し上げる性質にございます」

「まあ、驚きました」

磐音にとっても国瑞にとっても歳の離れた桜子は妹のような存在で、つい軽口の一つも言いたくなったのだ。

磐音が控え座敷を見ると駒井小路の屋敷から連れてきた料理人が控えていた。その前にはがんがんと熾された炭火に胡麻油がたっぷりと入った鉄鍋が載せられ、ちりちりと音を立てていた。

「過日、坂崎さんに宮戸川の鰻を馳走になりました。そこで本日はちと趣向を凝らしました。料理人の親吉は私が長崎留学の折りに供をいたし、南蛮料理を覚えてきた者にございます」

「おや、本日は南蛮料理にございますか」

磐音が訊いた。

磐音は奈緒を追って長崎に旅し、その時に淳庵と知り合っていた。

桜子を除く男たち三人は、鎖国政策を保つ徳川幕府のただ一つの異郷の窓、長崎を承知していたのだ。

「坂崎さんは長崎で天ぷらなるものを食されましたか」

磐音は一度幸吉に誘われ、富岡八幡宮門前町裏のてんぷら屋で食したことがあった。美味しいには美味しかったが、あれがほんものの天ぷらであったかどうか定かではなかった。

美食家の国瑞の料理人の揚げる天ぷらと門前町の裏店のそれとでは違った食べ物かもしれないと思い、

「初めてかと思います」

と磐音は答えた。

「旬（しゅん）の野菜や魚に粉をといた衣を付けて油でからりと揚げるのです。揚げ立てを食するとなかなかのものですよ。本日は江戸前の魚、芝海老（しばえび）、鯊（はぜ）、貝柱、白魚などを用意させました。お口に合うかどうか、食べてのお楽しみです」

国瑞の合図に、親吉が鉄鍋の胡麻油に粉を一摑（ひとつか）み落として油の適温を確かめた。

そして、鮮やかな手付きで衣を付けた魚を次々に鍋に投げ入れていった。

座敷に香ばしい胡麻油の匂いと魚の甘い香りが渾然（こんぜん）一体となって漂った。

「これは食べる前から美味しそうだぞ」

磐音が思わず唾を呑んだ。

「ささっ、淳庵先生、坂崎さん、お酒を一つ」

主役の国瑞が銚子を手に注ごうとした。

「桂川様、最初は桜子にお酌をさせてくださいませ」

「おや、桜子姫にお酌などさせては、父上にこの桂川国瑞がお叱りを受けませぬか」

「たれにも気兼ねの要らぬ麻布広尾の里と申されたのはどなたでしたかしら」

「忘れておったぞ」

三人の男たちに桜子が加わった座だ。和気藹々とした酒宴が始まった。そのうち天ぷらが客の前に運ばれてきた。

「塩をさらりとかけて食べるのもよろしいですが、大根おろしと天つゆで食べるとまた美味です」

磐音たちは揚げ立ての芝海老を頬張り、桜子も思わず、

「美味しゅうございます」

と叫んでいた。

江戸に屋台の天ぷらが流行り始めるのはこれよりおよそ七、八年後の天明の飢

鐽（一七八三〜八五）の後のことだ。

長崎に関わりのある蘭方医の桂川国瑞らは、それ以前に異国からもたらされた料理のいろいろを承知していたことになる。

「国瑞がこの時期、われらを白梅屋敷に呼んだにはわけがありましてね」

と一座の年長者淳庵が言いだした。

「二月の半ばを過ぎますと、いつもは長崎から阿蘭陀商館長一行が参府して参ります。われらはこたび同行される医師にして植物学者のツュンベリー先生の江戸入りを首を長くして待ち望んできました。ようやく翻訳を終えた『解体新書』を贈呈し、間違いや教えを請いたいのです。われら蘭学を志す者には、ツュンベリー先生が江戸におられる短い滞在中は寝る暇もございますまい。国瑞もこのところ寝る暇もないほどその準備に追われておりました。ところがつい最近、今年の江戸参府は三月半ばあたりになりそうだという知らせが長崎から届いたのです。それで少しばかり余裕ができました」

「まあ、そのような忙しい最中、このような招宴を桂川様は催されたのですか」

桜子が国瑞を見直したという顔で見た。

「坂崎さんをお招きいたさば、桜子様にもおいで願えますからな」

「あら、桂川様にはなんぞ桜子と関わりがございますか」

「なんと冷たいお言葉か。桜子様は坂崎さんにしか関心がございませぬのか」

「坂崎様は桜子の恩人にございます。坂崎様にお助け願わねば、鳥取藩三十二万石は大変なことになっておりました」

「桜子様、あの一件はもはや決着が付いております。過分な礼金もいただきました」

磐音が口を挟むと桜子が顔を赤らめ、

「知らぬこととは申せ、またお家の大事とつい夢中だったとは申せ、坂崎様に金子にて御用をお頼みしました。あの節は大変失礼をいたしました」

桜子が磐音に改めて頭を下げた。

「おかしいな」

と洩らしたのは国瑞だ。

「なにがでございますか」

桜子が国瑞の呟きに応じた。

「世の女性方(にょしょう)はなぜ坂崎磐音がよいと考えるのだ」

「それは言うまでもないことです」

「ほう、なぜですか」

「はい。坂崎様は一途なお方にございます」

「というと、この桂川国瑞がなにやら一途ではない、気の多い浮かれ者のように聞こえます」

「はい。桂川様は御典医でありながら、十八大通(じゅうはちだいつう)の遊び人のお一人でもございます。茶屋遊びもお上手なれば、女郎衆とも懇意でしょうからね」

「驚いたぞ。桜子様がそのようなことまでご存じとは」

「なんでも承知しております」

「まあいいか。なにも関心を持たれぬよりはましであろう」

と自らを納得させた国瑞が、

「坂崎さん、おこんさんとはその後いかがですか」

と矛先を磐音に向けた。

「おこん様とは、今津屋の奥を仕切られる方ですね」

桜子はそんなことまで承知していた。

「おや、桜子様は坂崎さんのことまでお詳しいぞ」

国瑞がこの話題になってどこか嬉しそうに言った。

「国瑞、桜子様の前で坂崎さんを動揺させようと思うても無理だな。坂崎さんは桜子様が喝破されたように一途のお方だ」

「はい」

と淳庵の言葉に応じたのは桜子だ。

「桜子様は坂崎さんの純愛までもご存じか」

「坂崎様のことならなんでも調べさせていただきました」

鷹揚な育ちの姫らしく、桜子が平然と言った。

「これは坂崎さんも困られたぞ」

国瑞がいよいよ嬉しそうだ。

「今、江戸で評判の白鶴太夫とは、坂崎様の許婚、小林奈緒様にございますそうな」

磐音は啞然(あぜん)として桜子を見た。

「そのようなことまでご承知か」

淳庵の問いに桜子が、

「お家騒動は非情なものにございます。一族郎党をばらばらにし、友を失わせ、許婚まで別離させせます。桜子はそんな争いを憎みます。私は豊後関前藩の御家騒動に際してとられた坂崎様の態度が愛おしゅうございます」

桜子ははきはきと言い切った。

「桜子様、折角白梅屋敷にお招きを受けたのです。それがしのことより、心を洗われるこの景色と美味しい料理を堪能しましょう」

磐音がさらりと言い、酒と天ぷらを楽しむ場に戻った。

料理人の親吉は酒と天ぷらの後に七草粥を用意していた。

白梅屋敷に新春の宵が訪れた。

「いや、国瑞、そなたの趣向、なによりであったぞ。坂崎さんの鰻、こたびの天ぷら、次にはこの淳庵がどこぞで一席設けねばなるまいが、お二人に匹敵するもてなしがすぐには思い付かぬ」

と淳庵が苦笑いし、

「今宵の宿題じゃな」

「淳庵先生、楽しみにしております」

と国瑞が答えて白梅屋敷の気兼ねのない宴は終わりを告げようとしていた。

「国瑞、そなたはこちらに泊まりか」

「桜子様をお屋敷まで送り届けて、主の務めは終わりにございます」

と国瑞も一緒に屋敷へ戻ると言った。

「ならば桜子様の乗り物を囲んで参ろうか」

淳庵が一緒に屋敷まで帰ることを宣した。

磐音は最後に今一度、白梅屋敷の暮れなずむ光景に目を留めた。かたわらに桜子が立った。

「坂崎様がなにをお考えか、当ててみましょうか」

桜子が言いだした。

「桜子様、それは無理にございます。それがし、料理と酒に満腹した今はなにも考えてはおりません。ただ春宵一刻値千金という詩の一節が脳裏に浮かんだところにございました」

「ほんにそのような宵にございます」

二人は白梅屋敷の景色を刻み付けるように眺めていた。

桜子の乗り物を真ん中にした一行は、織田家と桂川家の家紋入りの提灯に前後を照らされ、渋谷川沿いに東へと下っていった。

川面から土手を伝い、風が吹き上げてきた。それが微醺を帯びた男たちにはなんとも気持ちがいい。

渋谷川は下流に行き、新堀川と呼び名を変えた。

正月九日の宵だ、土手には行き交う人もない。

ふいに光林寺の境内にちらちらと灯りが浮かんだ。

「おや、なんぞお参りかな」

国瑞が洩らした。

山門に黒丁烏帽子の人々が手に松明を掲げて姿を見せた。

「かような習わしは聞いたこともないが」

国瑞の呟きを何気なく聞いた磬音は、一行が輿のようなものを担いでひたひたと山門の石段を下りてくるのを眺めていた。なんと輿には恵比寿、大黒、毘沙門、弁天、福禄寿、寿老人、布袋の面をつけた七福神が乗っていた。

「七福神の輿か。毘沙門天の天現寺へと参るところかな」

国瑞がさらに洩らした。

黒装束に担がれた七福神の一行は、桜子の乗り物とすれ違うように麻布広尾へと向かうべく新堀川の土手へと曲がってきた。

一行と乗り物が擦れ違うには土手道は狭かった。

織田家の提灯を下げた若党がそのことを知らせようと前方へと進み出た。だが、一行は歩みを止める気配はなかった。

なんと七福神の衣装は黒衣だった。

「ちと異なことだぞ」

と国瑞も訝しく思ったようだ。

「淳庵先生、桂川様、桜子様のお乗り物を」

二人の友に警戒の声をかけた磐音は若党の側へと小走りに走った。

黒丁烏帽子の一団はすでに若党の差し出す提灯の灯りの輪に入り、無言のうちに前進してきた。松明を顔の前に突き出すように掲げた一行の顔は見えなかった。輿の上の黒七福神だけが松明の灯りに浮かんでいた、それがなんとも妖しげに感じられた。

もはや数間の先に迫っていた。

磐音は若党の前へ進み出ると、

「もの申す。二つの行列が擦れ違うにはちと狭うござる。七福神参りのご一行、お止まりあれ」

と言いかけた。

だが、一行は歩みを止めぬばかりか松明を横手に広げて持った。すると七福神の面が浮かんだ。腰には剣を差していた。

「怪しげな」

磐音の声に淳庵と国瑞が短刀の柄（つか）に手をかけた。

磐音は土手に立ち塞がると包平（かねひら）を抜き、峰に返した。

無言の裡に七福神の従者の黒装束の一団が剣を抜いた。

片手に松明、片手に剣を構えた二人が磐音と対峙した。その後方には仲間たちが控えていた。

左手は光林寺の築地塀（ついじべい）、右手は新堀川で、土手には剣を抜いた二人が立ち塞いでいた。

「何用あって妖しげな振る舞いをなさるや」

磐音の問いに答える気配はなかった。

「われらの行列がたれか承知のことか」

松明が磐音の視界を惑わすように左右に振られた。どうやら磐音たちを承知で仕掛けていた。

その瞬間、松明が磐音の顔へと投げられた。

腰を落とした磐音は構わず二つの松明の間を擦り抜けて、包平を振るっていた。

相手も剣を翳して磐音へと襲いかかってきた。

磐音は刃渡り二尺七寸の包平を利して円弧に回した。左手の剣を掻い潜った包平の峰が黒丁の腰を叩き、さらに右手の相手の胸を斜め上へと打ち上げていた。

二人が新堀川の土手へと転がり消えた。

二番手の二人組が襲いかかってきた。

だが、磐音はその場を動くことなく包平を虚空で巻き返し、新手の二人の肩口と胴を抜いた。

一瞬にして四人が倒れた。

磐音はそこで刀を下げて、黒七福神の輿と一行を押し戻すように進んだ。

輿がふいに向きを変え、七福神が輿から飛び降りると、その中から声が響いてきた。

「今宵は挨拶、必ずや仕留める」

黒七福神と黒衣の一団は土手を走り、再び石段を上がって光林寺の山門へと姿を没した。

「坂崎さん、何者です」

「分かりません」

「たれぞと間違えたか」

「織田家と桂川家の家紋の入った提灯を目当てに輿を進めて参りました。まず間違えたとも思えません」

「となると国瑞が狙いか、あるいは桜子様か」

「淳庵先生かもしれませんし、それがしを狙うたのやもしれません」

磐音の言葉に、乗り物からいつの間にか出て懐剣に手をかけたままの桜子が、

「狭い土手であの輿と擦れ違うとき、七福神はなにを仕掛けようとしたのでしょうか」

とだれにともなく問うた。

二

馬場先御門に近い因幡鳥取藩上屋敷に織田桜子を送った磐音は、さらに淳庵、国瑞の順に送り届けることにした。

桜子は別れ際、乗り物の側に磐音を呼び、

「もしや内紛の残り火やもしれませぬ。内々に調べさせて心当たりがあるならば、坂崎様にお知らせいたします」

と小声で約束して屋敷に入った。

男たち三人は肩を並べてまず昌平橋際の若狭小浜藩に向かった。

騒ぎの後、どうしても口数が少なくなっていた。そのため黙々とした重い足取りであった。

「私のほうに格別覚えはないがな」

それが磐音に残した淳庵の言葉であった。最後に表猿楽町の通りを西に向かい、駒井小路にある桂川国瑞の拝領屋敷への道を辿った。

「本日は珍しき天ぷらを馳走になりました。明日にも今津屋を訪ねて、おこんさんに自慢します」

と磐音は国瑞に礼を述べた。

「なにほどのことがございましょうか」

と答えた国瑞が、

「坂崎さん、今宵の黒七福神ですがね、桂川家が皆さんにとばっちりを与えたのではないかと危惧しております」

「なんぞ心当たりがございますか」

「はっきりあるとは答えかねます。だが、なんとなくそう思うのです」

御典医として将軍家のお側に仕える桂川家の四代目、甫周国瑞がそう洩らした。

「上様のお脈を拝見する奥医師の大半は漢方医にございます。初代の甫筑邦教は阿蘭陀流の外科を専門として、奥医師に就き、確固たる地位を築きました。しばしば阿蘭陀医師風情がと排斥なされようとする漢方医の一派もあったと聞き及びます。事実、甫筑は奥医師から寄合（無役）に落とされたこともあったそうな」

国瑞の言葉はなにかを考え考え吐き出された。

「ですが、甫筑の医学の造詣の深さ、外科医として腕前の確かさ、投薬の的確な技術は際立っておったそうな。また阿蘭陀語の達人として、阿蘭陀商館長の江戸参府の折りには甫筑が将軍家の通詞の役をも務めたと聞いております」

桂川家の初代甫筑の業績を初めて磐音は耳にした。

「甫筑は、五代綱吉様から六代家宣様、七代家継様、八代吉宗様、九代家重様と五人の上様にお仕えして、三十九年にわたり、お脈を診て参ったのです。甫筑は度々、老齢により誤診あらば、将軍家の一大事と隠居願いを出しましたがお聞き届けならず、八十七で奥医師を辞しました。この初代を助けたのが私の祖父、二代目甫筑国華（くにてる）です。桂川家の基礎は、初代の甫筑と二代目甫筑によって築かれたと言っても過言ではありません。坂崎さん、阿蘭陀医学ばかりではなく、阿蘭陀の知識を通した西欧の学問がわが先祖を通じて江戸に花開いたと言っても、あながち大袈裟（おおげさ）とも言えますまい。わが屋敷には西欧の事柄を学ぼうとする方々がいつも出入りしております」

その四代目が甫周国瑞であった。

桂川家の拝領屋敷は江戸における唯一の西欧文化のサロンであり、医学、文学、植物学、鉱物学、絵画など西欧の学問に興味関心を持つ人々が出入りしたのである。

磐音はそのような生まれ育ちの国瑞が、和の極致ともいえる遊里に、馬鹿馬鹿しくも奇異な遊びを重ねる十八大通の仲間に加わった理由をおぼろげに察したような気がした。

「ひょっとしたら、そのような桂川家の暮らし方を忌み嫌われる人士が仕掛けたものかもしれません。無論、確たる証（あかし）があってのことではないのです」

磐音は頷いた。

「七福神は七つの災いを避け、七つの福を呼ぶという俗信にございましょう。七福神には天竺(てんじく)の神や中国の出の方は加わっておられるが、西欧人はおりませんからね」

と国瑞が苦笑いした。

「阿蘭陀商館長のご一行の江戸参府がいつもの年より遅れそうだということですが、こたびのこととなにか関わりがございましょうか」

「それも分かりません」

二人はすでに駒井小路の入口に達していた。

「坂崎さん、われら蘭方医が待ち受ける医師にして植物学者のツュンベリー先生は、表向き阿蘭陀人ということになっております。ですが、実際のお国はスウェーデンというところだそうです。先ほどから道々考えてきましたが、このようなことでも桂川家を追い落とす材料として利用しようという者が、近くに潜んでいるかもしれません。父の国訓と相談してみます」

頷いた磐音に、

「坂崎さんが一緒におられてどれだけ心強かったことか、改めてお礼を申します」

「桂川さん、それがしが役に立つと思われるならば、深川六間堀にいつでも使いを立ててください。飛んで参ります」

「わが家には怪我の治療をいたす外科医は何人もおりますが、あのように命を絶たんと襲いくる者たちを防ぐ武辺の人士はおりませんからね、必ず坂崎さんのもとへ使いを走らせます。心強い限りです」

と最後に笑った国瑞が、

「わが屋敷までお送りいただき、恐縮にございます」

と何度目かの礼を述べて通用口の戸を叩いた。

翌朝、磐音は宮戸川の鰻割きの仕事を終えると、神保小路の佐々木道場に出向いた。すると痩せ軍鶏の松平辰平と、もう一羽の太った軍鶏の重富利次郎が雑巾掛けの競争を繰り広げていた。

佐々木玲圓自ら出張ったことにより、辰平は池内大吾ら旗本奴から救い出され、騒ぎは解決を見た。玲圓が知り合いの幕府御目付に面会し、旗本池内某の所業を訴えて、池内の身柄は目下御目付支配下にあった。近々裁きが下るという。

磐音も黙って雑巾掛けの一行に加わった。

朝の光が射し込み、稽古前の掃除が終わったとき、辰平が磐音を見つけて、

「坂崎様だ」

と叫んだ。

「元気か」

「はい。その節はご迷惑をおかけしました」

「なんのことがあろう」

「師範の本多様から、こんこんと説諭されましてございます」

磐音と辰平が立ち話する様子を鐘四郎と利次郎が眺めていた。

「師範はなんと申されたな」

「若いうちは羽目を外すのもよい、自惚れるのも悪くはない。だが、己の愚を悟った後は素直に正せと申されました。坂崎様、辰平は馬鹿者にございました。坂崎様の居眠り剣法の怖さも知らぬ愚か者でした」

辰平は殊勝にもそう言った。

「それがしの剣などなにほどのことがあろう。この道場には玲圓先生を筆頭に、奥義に達した名人上手が数多おられる。その方々の薫陶をゆっくりと確かに受けられよ」

「はい」

と素直に答えた辰平が磐音に、稽古の相手を願おうかどうしようかと一瞬迷った表情を見せた。その隙に利次郎が、

「坂崎様、お相手お願い申します」

と道場の床に正座して頭を下げていた。

「重富どの、それがしがお話をしている隙にずるいぞ」

と喚いたが、利次郎は平然として袋竹刀を手に立ち上がり、

「今朝はそれがしが一番にございます」

と言い放った。磐音は、

「辰平どのとはこの後にいたそうか。ほれ、師範がそなたの相手を待っておられる」

と辰平を鐘四郎のもとへ行かせた。

具足開きの日を翌日に控え、佐々木道場ではいつにも増して激しい稽古が始まった。

磐音は若い二人の相手をした後、古い門弟衆と立て続けに汗を流した。

稽古が終わったのは四つ半（午前十一時）の刻限だった。

井戸端に行くと、痩せ軍鶏の辰平が釣瓶（つるべ）に水を汲んで待ち受けていた。

「坂崎様、これをお使いください」

その様子を見た鐘四郎が、

「痩せ軍鶏め、弱みがあるものだから、坂崎にえらく気遣いしおるわい」

と笑いかけた。

「師範、坂崎様は師範の打ち込みと違い、緩急強弱をつけて竹刀を扱われます。それに比べ、師範の打撃はただただ脳天に響いて痛いだけです」

「佐々木道場は猛稽古で江戸に知られた道場だぞ。坂崎のように優しくできるものか」

「坂崎様の教えはただ優しいばかりではございません。なぜ打ち込まれるか、言葉でも教えてくださいます」

利次郎まで口を揃えたため、

「なにやら師範のおれの旗色が悪いぞ」

と鐘四郎が苦笑いした。

「だがな、辰平、利次郎、そなたらは未だ坂崎磐音の本性を知らぬのだ。あの湯島天神で、この鐘四郎と坂崎が一舞い剣の真髄を教えてつかわそうとしたら、まさかのどんでん返しが待ち受けておったわ。あの場に玲圓先生がお出張りになろうとはな。いいところを先生に攫われた上に、おれと坂崎は後でこっぴどく叱られたのだぞ。辰平、たれのせいじゃ」

「師範と坂崎様は先生に叱られたのでございますか、初耳です。それはそれは申し訳ございませんでした。いっひっひっひ……」

辰平が嬉しそうに笑い、鐘四郎の桶にも水を汲んだ。

「辰平どの、おうめどのは元気か」

「はい、元気です」

と答えた辰平が、忘れていたぞと叫び、

「お暇の折りに、師範と坂崎様を湯島天神のふじくらにお連れください、とおうめに頼まれておりました」

「甘味はどうものう」

「甘酒だけでなくお酒もふじくらにはございますよ、師範」

「ならば坂崎、お招きに与ろうか」

「湯島天神は鬼門です。また先生にお叱りを受けぬとも限りませんよ」

磐音が答え、笑い声が起こった。

今津屋を訪ねると昼の刻限だった。

店を回って台所に行くと、昼餉はとろろ汁に麦飯、塩鯖の焼き物に、香のもの
が丼にてんこ盛りになっていた。

「とろろ汁か、それがしの好物だ」

と独り言を言うのをおこんが聞き逃さず、

「お武家様が他所の台所の昼餉を見て、嬉しそうな顔をするものじゃないわ」

「おこんさん、昨日、なにを馳走になったか当ててみぬか」

「おや、鼻をひくつかせているわね。当たったら、昨日ご馳走になった料理を食
べさせてくれる」

「江戸に食べさせるところなどあまりないからな」

「だれにご馳走になったの」

「奥医師の桂川国瑞どのです。麻布広尾の桂川家の白梅屋敷に招かれてな」

「一人でずるいわ」

「いや、淳庵先生と織田桜子様がご一緒であった」

「おや、あのお姫様、まだ坂崎さんの身辺に立ち現れるの」

「お招きしたのは桂川さんです、それがしはなんとも申し上げられぬ。それより、

馳走になったものが分からぬかな」

　おこんはしばらく考え込んだ後、

「江戸にあまりないものなんて分からないわよ」

　と頰を膨らませた。

「天ぷらと申す南蛮渡来の揚げ物にござる。江戸前の魚に衣を付けて胡麻油で揚げたものを天ぷらと申すそうだ。なんとも美味であった」

「ほう、天ぷらですか。その名前だけは平戸藩の御用人様から聞いたことがありますぞ」

　という声がして由蔵が台所に姿を見せた。

「坂崎さんがこれほど言われるところをみると、美味しいものでしょうね、老分さん」

「一度食してみたいものですな」

　と由蔵とおこんが言い合った。

「ならば、桂川さんに願って、桂川家の料理人の親吉さんを今津屋にお招きしましょうか」

「それは嬉しき話ですぞ」

由蔵が答え、おこんが、

「うちの昼餉はとろろ汁にございます」

と二人を席に着かせた。

「もう小正月の仕度は終わりましたか」

磐音は吉右衛門とお佐紀のお見合いを気にして訊いた。

「どこか料理茶屋を見合いの場所にとも考えましたが、それよりも今津屋の商いと奥をお佐紀様に見てもらうのが肝心かと、ここに決めました。料理はおこんさんが采配を振るうことになっております」

と答えた由蔵が、

「それこそ天ぷら料理が振る舞えれば面白い趣向かもしれませんな」

と言いだした。

「それはよい考えかもしれません。桂川さんにお願いしてみましょうか」

「できますかな」

「返答は別にして、お頼みするのはかまわぬでしょう」

「となれば、右七様とお佐紀様のお宿をどこかに願うことだけが残りましたな。伝馬町や馬喰町の旅籠(はたご)は公事(くじ)宿や旅人宿ですからね。なんとか静かな宿はないものか」

と頭を捻る由蔵に、磐音が思いついたことを述べた。

「本石町の長崎屋はいかがですか。今年は阿蘭陀商館長のご一行は三月に入ってからの参府とか、今ならば空いているかもしれません」

「おおっ、これはよいところに気付かれましたな。長崎屋さんならば、脇本陣の主とて満足なされよう」

「老分さん、お昼を済ませて長崎屋さんに伺ってきましょうか」

「そうしてくれますか、おこんさん」

「ならばそれがしもお供します。その後、駒井小路に行き、桂川さんに先ほどの件を相談しましょう」

と磐音の提案に衆議一決した。

おこんの供で、磐音は本石町三丁目にある紅毛人旅宿の長崎屋を訪れた。とはいえ、鎖国中の江戸で長崎屋が紅毛人だけを相手に商いが成り立つわけもない。阿蘭陀商館長一行が滞在する二十日余りの他は、黒板塀総二階造りの長崎屋はそれなりの身分の人を宿泊させた。

二人は伝馬町の公事宿や旅人宿とは異なる堂々たる造りの長崎屋の表に立って、江戸にもこのような旅籠があったかと改めて驚いた。

気後れもせず玄関に通ったおこんが、応対の番頭に今津屋の名を出して、小田原脇本陣小清水屋の親子と赤木儀左衛門の三人の宿を頼んでみた。

「今津屋様のお知り合いにございますか。御用命いただき、まことに有難うございます」

と二つ返事で宿の手配ができた。

「坂崎さんのお蔭で宿は決まったわ」

「あとは料理人を借り受けることだな」

「なにか用意してきたほうがよかったかしら」

おこんがそのことを気にした。

「本日は内々にお尋ねに上がるだけだ。親吉どのを借りるようならば、礼はそのときでよろしゅうござろう」

と磐音が答えた。本石三丁目から御城を左回りに駿河台(するがだい)へと上がり、表猿楽町から旗本屋敷が並ぶ屋敷町を抜けて駒井小路に出た。

「桂川さんはご在宅かな」

磐音はそのことを気にした。だが、国瑞は屋敷にいて、玄関番の見習い医師の知らせに飛んで出てきた。

「これはおこんさんもご一緒か」

国瑞が眩しそうに町娘のおこんを見て、

「ささっ、どうぞお上がりください」

と自分の書院座敷に招き上げた。二間続きの座敷には、唐の道具や南蛮の医療器具が所狭しと飾られ、万巻の書物が山積みになっていた。

「座敷を片付ける女の人がいるわね」

とおこんが独り言を呟いた。

「昨日の今日、坂崎さん、恐縮です」

国瑞は昨夜の七福神を気にして訪問したと考えたようだ。

「それもありますが、本日は内々にお願いがあって参じました」

と磐音が前置きして、おこんが用件を告げた。

「それほど天ぷらが気に入りましたか」

「坂崎さんのお話を聞いていたら、老分さんも私も天ぷらに魅せられました。このたびの招客は、小田原宿脇本陣小清水屋の主様と娘さんにございます。奥医師桂川家の料理人をお借りできるなど、僭越にも今津屋の主が望んだわけではございません。ただ内々の願いにございます」

「おこんさん、承知しました」

とあっさり国瑞が答え、訊いた。

「それにしてもえらく熱心ですね」

磐音とおこんが顔を見合わせ、頷き合った。

「桂川さんゆえ申し上げます」

と今津屋の吉右衛門と後添いの見合いの場に供する料理に天ぷらを考えたことを告げた。

「それは目出度い話ですぞ。親吉に腕を振るわせます」

「桂川さん、面目を施しました。おこんさんに天ぷらを食したことを告げたら、一人でずるいと責められておったところです」

「この次はおこんさんも一緒にお招きしましょう」

「なんだか私が我を張ったみたい」

と困惑の様子を見せた。

三

「桂川さん、なんぞご身辺に懸念がありましたか」

と磐音が訊き、国瑞の顔が険しくなった。

「昨日の黒衣の七福神は、間違いなく私を狙ったものと思えます」

「なにかあったの」

磐音と国瑞の問答におこんが訊いた。

「白梅屋敷からの帰りに、奇妙な黒七福神の一団に襲われかけた。だが、織田桜子様を狙うたものか、それがしか、はたまた中川さんか桂川さんか、絞り切れなかったのです」

「桂川先生に覚えがあったの」

「正直、たれから狙われていると分かったわけではありません。だが、今朝方、私がこの書院に入ってみると、このようなものが文机に置いてありました」

国瑞は懐から折り畳んだ御神籤（おみくじ）のようなものを取り出し、磐音とおこんに広げて見せた。

「よろしいか」

と磐音が御神籤を受け取った。

そこには黒七福神が帆掛け船に勢ぞろいしている姿が描かれ、帆には、

「彼岸行大凶丸」

とあった。さらに右方に、

「甫周国瑞、ご用心七福神参りご用心」

とあった。

御神籤は手描きでなかなか達者な画文だった。

「子供じみた脅しだが、桂川さんになんぞ警告を発しているようですね」

「光林寺門前の襲撃未遂といい、この御神籤といい、私を、あるいは桂川家をよく思わぬ連中の仕業のようですね」

国瑞はにたりと笑って答えた。

磐音は中川淳庵が『解体新書』の翻訳を巡って奇怪な集団に命を狙われ続けたことをふと思い出していた。

本邦初の外科手引き書『ターヘル・アナトミア』と『カスパリュス・アナトミア』という身体内景図説の二書を淳庵が阿蘭陀医師から預かったのは、明和八年

（一七七一）の春のことであった。

それを杉田玄白に見せたことで、『解体新書』翻訳という大事業が始まったのだ。そして、安永三年（一七七四）にようやく完成を見ていた。

人の体を切り刻んで調べる医療法を人の道に反すると考える旧態依然とした考えの人々がいて、蘭学に携わる玄白らはこれまでも度々危難に遭っていた。

そのことが、淳庵と磐音が知り合うきっかけにもなった。

「桂川先生を殺めたり傷つけたりする動きに、覚えがあるんですか」

「おこんさん、私にはない。だが、この七福神の背後にいる人物にはあるようだ」

「だから、そのことよ」

「お二人だから申し上げます。内々に上様の奥医師を拝命し、法眼に叙任される話がございます」

「それは目出度い」

「だが、坂崎さんのように喜んでくださる方々だけではないようだ」

桂川家の四代目甫周国瑞は二十六歳になったばかりだ。

医師を志す者にとって、将軍家の御脈を診る奥医師に就くということは最高の

出世であった。その地位をわずか二十六歳の国瑞に授けようという動きがあるという。この背景には桂川家の四代目の国瑞の、

「天下に才子も多きものなれども、桂川甫周・堀本一甫という両人ほどの才子は鶴外に見たることなし」

と評された才人ぶりがあった。ちなみにこれは、桂川家に寄宿し、国瑞らと兄弟同然に育った鶴こと、後の経世家の海保青陵の言葉である。この中にあるもう一人の才子、堀本一甫は国瑞の従兄にして、口科（歯科）の官医を務めた人物であった。

桂川家には西洋の事物を記載した万巻の書があって、その知識を得た俊英たちが切磋琢磨、熱心に議論しつつ万物の、

「理」

を身につけていたのだ。

もっともこれは、徒弟制度の中で医学の技を盗み、師の許しを得て、ようやく一人前の医師に辿りつく漢方の世界ではおよそ考えられない、柔軟さとエキゾチシズムに溢れた桂川家の雰囲気であり、そんな中での国瑞の出世であった。

それだけに、周囲の反感と嫉妬を買ったのではと国瑞は言うのだ。

「桂川さん、この書院の文机にこの警告文が置かれていたということは、屋敷内に桂川さんに危害を加えようという七福神の一派がいるということではございませんか」

「そのようですね」

国瑞の態度は平然としていた。

「桂川先生、そんな暢気(のんき)なことでいいの」

おこんが焦れた。

「なにしろわが屋敷は、芝居小屋のように色々な人物が出入りして、飯を喰らい、徹宵して議論する家ですからね。私の書院に潜り込もうと思えば簡単にできます」

「桂川さん、『ご用心七福神参りご用心』とあるのは新たなる警告のようにそれがしには読み取れますが、なんぞ意味がありましょうか」

「さすがは南町との付き合いが深い坂崎さんだ。すぐに警告に気付かれましたね」

国瑞は破顔して磐音を見た。

「桂川家の初代甫筑邦教は五代にわたって上様にお仕えし、綱吉様から『阿蘭陀薬種八品拝領仕候』と、当時としては珍重されていた薬剤を拝領した上に、銀の御匙三本を授けられ、阿蘭陀流外科医としての地位を築きました」

綱吉からの阿蘭陀薬種八品と銀の御匙拝領は破格の扱いであった。薬の計量に使われる御匙は奥医師の別称でもあった。

「桂川家の表看板は阿蘭陀医学なのです。その基礎を築いた甫筑は人間の体を含め、この世の万物は未だ分からぬことだらけ、阿蘭陀医師とは申せ、世の理を分かったふりをするなと門弟らを戒めていたそうです。その甫筑が奥医師になって習わしにしたことがございます。正月十一日に大勢の門弟を連れて谷中の七福神参りをするのです。その習わしはいつしか桂川家の後継が引き継ぐことになりまして、私もこの十一日には不忍池の弁財天、天王寺の毘沙門天、長安寺の寿老人、寛永寺子院の護国院の大黒天、修性院の布袋、青雲寺の恵比寿、田端東覚寺の福禄寿を一日かけて詣でることになっています。初代はこの七福神参りを通じて、先ほどの戒めを弟子や私ども末裔に教え込もうとしたのでしょう」

「私にも分かってきたわ。桂川先生の出世を妬む輩が先生に危害を加えて、あわよくば自分が奥医師に就きたいと考えているのよ。そんなことをしても見る人が見ればすぐに力なんて分かるのにねえ」

「全くです」

磐音がおこんに同意した。

「桂川先生、今年は七福神参りをおやめなさいな」

「おこんさん、そうはいきません。なにしろ桂川家では初代甫筑の威光は絶大でしてね、その初代が決められた習わしはそうそう取りやめることはできないからです」

「また変な黒七福神なんて出てきてごらんなさい、命に関わるのよ」

「それはそうですが」

国瑞がどうしたものかという表情を見せた。

「こういうときこそ友の出番よ」

おこんが磐音を唆けた。頷いた磐音が、

「桂川さんも門弟衆と寺社参りをなさるのですか」

「いえ、大勢の門弟を引き連れたのは初代だけです。二代目からは少人数でお参りしてきました。私は一人で行こうと考えておりました」

「そのことを黒七福神は承知なのよ。いいこと、桂川先生、一人でなんて行っちゃ駄目よ。私も行くから坂崎さんも同行するのよ」

とおこんが桂川家の七福神参りをお膳立てした。

「桂川さん、お邪魔ではございませんか」

「坂崎さん、私とてまだ命は惜しい。坂崎さんに同行していただけるならば、これ以上心強いことはありません。だが、今津屋のおこんさんまで危ないところにお連れするわけにはいきませんよ」

磐音はしばし考えた上で返事をした。

「この話、桂川家の周辺に関わる話にござれば、他に助勢など頼むのも、後々厄介が生じることになりかねません。なにしろ、上様のお側に仕える奥医師法眼どのの絡む話ゆえ、とにかく穏便にことを済ませたい。桂川さんにそれがしが同行するとして……」

と磐音がおこんについて触れようとするのへおこんが、

「私も行くわよ」

と機先を制して宣告した。

「だって今日は、料理人の親吉さんをお借りするお願いを快く承諾していただいたのよ。私もなにか桂川家のお手伝いをしないことには義理を欠くわ」

磐音と国瑞は顔を見合わせ、

「おこんさんが一緒だと、抹香臭い寺社巡りも楽しくなるのは請け合いだが」

「ならば、おこんさんにも同道願いましょうか」

「およそ上野寛永寺周辺ですので、昼時から十分に回れましょう」

「では、おこんさんとそれがしが当家に迎えに参ります」

と三人参りが決まった。

国瑞は手を叩いて門弟を呼び、料理人の親吉をその場に呼んだ。

「親吉、そなたの天ぷら料理が好評でな。両替屋行司の今津屋様のお目出度い席に、そなたの腕を披露してくれぬかとお二人が参られたのだ」

と国瑞が親吉に小正月の一件を命じた。

親吉は静かに国瑞の命を聞いていたが、

「お目出度いお席ならば、長崎で習い覚えた卓袱料理をいくつか作りましょうか」

と自ら提案した。

「それはよい考えだ」

「親吉さん、お願い申します」

おこんと親吉が当日の人数や料理の諸々を打ち合わせし、

「前日に一度お伺いします」

と約定して打ち合わせも無事に終わった。

「お佐紀どのと吉右衛門どのの見合いの仕度は大丈夫ですか」

と磐音が桂川家の門を出ると訊いた。

「私が采配を振るう仕事よ、抜かりはないわ。それに私も七福神参りに行って、旦那様とお佐紀様のお見合いがうまくいくようにお願いしたかったの」

と胸を張ったおこんは、

「桜子様ばかりに坂崎さんを独占させておくのも癪だしね」

と本音を洩らした。

「それよりも明日は鏡開き、具足開きで、道場には大勢の門弟方が集まるんじゃないの」

おこんがそのことを気にした。

「それはそうだが、家治様の奥医師になられる桂川さんの危難が差し迫ってはな。こちらがまずは先にござろう」

おこんの言葉に、磐音は神保小路の佐々木道場に立ち寄るべきと気付き、明日の欠席を報告しておくことにした。

道場からは稽古の気配がしたが、磐音は直接に佐々木家の居宅の内庭へと入り、玲圓に面会しようとした。すると玲圓が縁側で目白の世話をしていた。目白を飼うのは剣術家玲圓の道楽だった。

「麗しき女性（にょしょう）を伴い、いかがいたしたな」

と笑いかけた。

「今津屋のおこんさんにございます」

「おおっ、評判のおこんさんか。佐々木玲圓にござる」

「坂崎様には日頃よりお世話になっております今津屋の奉公人、こんにございます。玲圓先生には以後お見知りおきのほどお願い申します」

とおこんも丁重に挨拶を返した。

「先生、明日の具足開き、欠席しなければならぬ用が生じましたゆえ、かくお断りに参りました」

「そなたの仕事は待ったなしじゃからな。いかがいたした」

と訊かれて昨日からの出来事を告げた。なにかあったとき、桂川国瑞の身分に障らぬよう玲圓に知っておいてもらいたいと思ったからだ。

玲圓の剣友には家治様御側衆の速水左近らがいた。そのことが後々役に立つと磐音は考えたのだ。

「なにっ、桂川家の四代目がな。甫周どのの英明はわしも聞き及んでおる。具足開きはちと寂しいが、上様の将来の奥医師どのになにか事があってはならぬ。磐音、しっかりと働け」

と玲圓に激励され、

「磐音、いつかはそなたに申そうと考えておったことがある」

「なんでございましょう」

磐音は緊張した。

「技量が上がれば人というもの、つい刀を抜いて事の決着を図りたがるものじゃ。だが、それは下の下策。真の達人は剣を鞘に納めたまま勝ちを得る。そなたの務めには切羽詰まった戦いもあろう。だが、そのことを頭の隅においておくがよい。そなたにはそれができようと思うてな」

「先生のお言葉、坂崎磐音、肝(きも)に銘じましてございます」

磐音は玲圓の教えに深々と頭を下げた。

今津屋に戻った磐音とおこんはまず由蔵に天ぷらの一件が解決したことを報告した。昼下がりの刻限で今津屋の広い台所もどことなくのんびりとしていた。

「おや、桂川様のお宅では快く料理人をお貸しくださいましたか」

「天ぷらばかりか、長崎の卓袱料理も作ってくださるそうですよ」

「それは楽しみなことです」

由蔵がもうこれでお見合いは大丈夫とばかり安堵の顔をした。

「老分さん、お願いがあるのですが」

おこんが、七福神参りをしたいので半日休みをくれるよう願った。

「松の内が終わったのに七福神参りとはまたどういうことですか」

「旦那様のお見合いがうまくいくようにと願ってのことです」

と答えたおこんがすぐにその舌の先から、

「というのは半分口実」

と正直に内情をばらした。

「なんと、そのような企みが進行しておりますか。それは是非とも坂崎さんに腕を振るってもらわねばなりますまい。ですが、おこんさんが一緒でなんぞ役に立ちますかな」

と首を捻った由蔵が、

「まあ、桂川先生と坂崎さんがよろしいと仰るのであれば、お願いしましょうかな」

と許しを与えた。

「そうそう、小清水屋様と儀左衛門様のご一行は、十三日の夕刻までに江戸入りなさると知らせが来ましたぞ」

「ならばそれがしが六郷の渡しまで迎えに参ります」

「そうしてもらえますか」

磐音の答えに由蔵が頷いた。

おこんは早速七福神参りの白衣や菅笠、杖を用意すると言い、張り切って奥へ消えた。

台所に偶然由蔵と磐音だけになった。

「近頃おこんさんの親父どのがお見えになりませんでしたか」

「いえ、金兵衛さんとは久しく会うておりませんが、なんぞございましたか」

「ならば老分どのだけの胸に仕舞っておいてください」

「内緒ごとですかな」

「おこんさんにも見合いの話が持ち込まれているそうです」

「なにっ、さようなことが」

　と驚いた由蔵が、

「いきなりでは困りますぞ。今津屋の奥を一手に仕切るおこんさんですからな。相手はだれです」

「金兵衛どのは名こそ上げられませんでしたが、新川の酒問屋の倅どののとのことです。金兵衛どのとしては、今津屋どのの後添いが決まる機会におこんさんを嫁に出したいとお考えのようです」

「親としては当然のことにございましょうが、今津屋としてはちと困ります。そうではございませんか。もしですよ、お佐紀様とのお見合いがうまくいき、お艶様の三回忌を無事終えた秋に婚礼が催されたとしましょうか。いくらお佐紀様が聡明な方でも江戸は初めて、武家相手の脇本陣の切り盛りと両替商筆頭のうちでは商いの質が違います。おこんさんにはしばらく手助けしてもらわねば」

　と由蔵がいよいよ困惑の顔を見せた。

「この話はまだ当人も知らぬことにございます。そうとんとん拍子にいくとも限りません」

磐音は正直な気持ちもその言葉に込めて言った。

「今津屋のことはさておき、坂崎様、そなた様はおこんさんを嫁にやってよいのですか」

「それがしは生涯……」

「独り身を通されると申されますか。それは考え違いですぞ。坂崎様が奈緒様に気兼ねなされて所帯を持たれぬでは、奈緒様、いや、白鶴太夫の気持ちにも添いますまい。奈緒様はもはやこの世の方ではございません。白鶴太夫に生まれ変わったのでございますからな。私はおこんさんがどのような想いを坂崎様に抱いているか、承知しております。坂崎様とて憎からずお考えでございましょう。よいですか、このお気持ちに正直に生きることもまた人の道にございますよ」

老分番頭由蔵の言うことを磐音は黙って聞いた。

間もなく今津屋を辞去した磐音は両国橋を渡り、北割下水に品川柳次郎を訪ねて、明日の七福神参りに一役買ってくれるよう相談事をした。そして、金兵衛長屋に戻り着いたとき、五つ（午後八時）の刻限を過ぎていた。

四

七福神参りはそう古い習俗ではない。

江戸時代に入り、縁起かつぎと行楽を兼ね、正月松の内に、七福神を祀る寺社を順に巡る風習が生まれたようだ。

七福神とは大黒天、恵比寿、毘沙門天、弁財天、福禄寿、寿老人、布袋和尚の七柱の福神だ。南嶺子の書に、

〈世ニ七福神ノカケ物ト言ウモノアリ。漢土ノ布袋、日本ノ蛭子、天竺ノ吉祥天女、余サズ、モラサズ取コミヨウハ、貪欲者流ノ物好ナルベシ〉

とある。

神仏混交の奇怪な習わしといえなくもない。

このような習慣を寺社の神官坊主が暗黙のうちに許した背景は、賽銭集めに他ならない。ゆえに七福神参りは深川本所の七福神参りから、隅田川七福神、亀戸七福神、内藤新宿七福神と次々に新しく生まれた。

阿蘭陀医学の泰斗にして奥医師法眼の桂川家では初代甫筑以来、谷中の七福神

を巡ることを習わしにした。

松の内では人が多く、参詣の人に迷惑がかかるというので、十一日に定めたらしい。

その日の四つ（午前十時）の頃合い、桂川国瑞は菅笠白衣に草鞋履き、手には杖を持ち、駒井小路の屋敷を出た。同行の白装束の男女は坂崎磐音と今津屋のおこんだ。

三人は屋敷町を北に抜けて神田川の土手上に出た。

磐音は腰に脇差だけを帯び、背に籠（かご）を負っていた。

「桂川先生、七福神参りには打ってつけの日和ですよ」

おこんの声は弾んでいた。

「今小町のおこんさんに白装束などさせて申し訳ありません」

応対する国瑞の声も、この日の江戸の空のように雲ひとつなく晴れ上がっていた。

「では参りましょうか」

「まずは不忍池の弁財天様ね」

三人は神田川を昌平橋で渡り、下谷御成街道から下谷広小路に出た。急に人の数が増した。おこんは磐音や国瑞と七福神参りすることが嬉しいらしく、あちらこちらと視線を忙しげに動かしていた。なにしろ若い身空で大所帯の奥を独り仕切っているのだ、人知れず神経をすり減らしているのだろう。

「おや、あそこを行くのは今津屋のおこんじゃねえか。男二人を引き連れて、なんぞ願掛けかねえ」

「おうよ。おれんとこに嫁に来たいってんで、あんな格好をしてるのよ」

「ぬかせ、裏長屋の熊公が」

通りがかりの職人たちが勝手な噂をし合う中、三人は寛永寺下の不忍池に突き出した弁財天への浮き橋を渡った。

弁財天は弁舌、音楽、財福、知恵などを司る天竺の女神だが、日本に渡来し、吉祥天と混同され、財宝を与える神と考えられた。

国瑞は弁財天を祀る生池院の堂守に年賀の挨拶をしてお祓いを受けた。

再び池之端に出てきた国瑞は、

「この次は護国院から天王寺です」

と磐音とおこんを東叡山寛永寺の西側へと導いた。

「黒七福神の正体はなんぞ分かりましたか」

磐音が訊いた。

「およそのところは見当が付きました」

どうやら国瑞ののんびりとした表情は、相手がだれか分かってのことらしい。

「桂川家は阿蘭陀医学が専門ですが、代々奥医師の家系にて漢方医の田村義宗(たむらよしむね)法眼様と申される一族がございます。当代で五代目、奥医師では隠然たるお力をお持ちです。六代目に就かれるはずの田村義孝(よしたか)様はただ今四十余歳になられたが、なかなか奥医師のお許しが出ません」

「なにかわけがあるの」

とおこんが訊いた。

「大きな声では申せぬが、田村家の患家の一つ、大身旗本で勘定奉行も務められた戸田三郎助(とださぶろうすけ)様の病気診立てを間違われ、そのせいで戸田様は三十いくつの若さで亡くなられました。上様の信頼厚き戸田様だけに、大騒ぎになったことがございます。そのようなことが幾たびか重なり、上様の御脈を診る奥医師へという声が上がらぬのです」

「腕がなきゃ、奥医師もなにもあったものじゃないわ」

おこんが一刀両断に切り捨てた。

「だけど桂川先生の奥医師就任とどういう関わりがあるの」

「そこですよ、奇妙なのは」

「おかしいわよ」

「義孝様はどうやら自分が奥医師に推挙されぬのは、私がその地位に早く就くせいだとお考えになったようなのです。きっと周りにそのようなことを唆す者がいるのでしょう」

　国瑞にはどうやらその推測が付いている様子だった。

「上様の御脈を診ようという御医師が呆れたものだわ」

「おこんさん、奥医師になるとならぬとでは、この世界、極楽と地獄、えらい違いなのです。そこでどろどろとした醜い騒ぎも起こるのです」

「桂川先生も奥医師になりたいの」

「私は迷惑です」

「おやまあ、ここにもへそ曲がりがいたわ」

「奥医師に就けば、阿蘭陀医学をはじめとする研究の時間が少なくなります。玄白先生や淳庵先生や良沢先生と翻訳した『解体新書』だってまだ完全ではありません。そのためにも早くツュンベリー先生が江戸に参府なされて、私どもは教えを請わねばなりません。日にちはいくらあっても足りませんよ、おこんさん」

「桂川先生は十八大通の顔もおありですものね」

「そうです、茶屋遊びをする時間もなくなる奥医師就任なんてまっぴら御免なんですが、父のことを考えるとそうそう我儘も言えない。そこがつらいところです」

そんな会話をしていると天王寺の門前に到着していた。

この寺で毘沙門天にお参りし、さらに近くの長安寺で寿老人にお参りしたところで、昼餉を食することにした。

国瑞が馴染みの淡雪豆腐が名物の料理茶屋に入り、中食(ちゅうじき)を摂り再び七福神参りを再開したのは八つ(午後二時)に近かった。

七福神の最後、田端村の東覚寺に福禄寿をお参りして三人が山門を出ようとしたとき、日はとっぷりと暮れていた。

「とうとう提灯を点す刻限になったわ」

磐音は背中の籠から提灯を出して、庫裏で火を貰い、灯りを点した。

「ともかく下谷広小路へ早く戻りましょうよ」

おこんが急に寒気を増した田端村の闇を見回した。

辺りにはだれ一人として往来する者はなかった。

三人は灯りを頼りに田端村からまずは下駒込(こまごめ)村へと向かった。

東覚寺の山門を出て二丁も歩いたか、前方から、

「宝船、七福神の宝船……」

と女の売り声が響いてきた。

江戸の町では元日の朝未だき、三味線の撥(ばち)音高く鳥追(とりおい)が宝船の絵を売りに来た。

縁起のよい初夢を見るために枕の下に敷く宝船の絵だ。

「今頃になってお宝売りなんておかしいわ」

おこんの声が闇に震えた。

「桂川さん、提灯を持ってくれませんか」

磐音が手にしていた提灯を国瑞に渡した。

その灯りを国瑞が前方に突き出すと、古渡(こわた)り唐桟(とうざん)の二枚重ねの羽織を着て、博多の献上の細帯をきりりと締め、米屋(こめや)被(かぶ)りも凛々しい鳥追が、

ぼおっ

と野道に浮かんだ。

磬音は鳥追の後方に黒衣の七福神が粛々と従うのを見た。

「おもよ、いつからお宝売りに鞍替(くらが)えした」

国瑞がその問いを鳥追に向かって発した。

しばらく黙っていた女が気付かれていたことに照れたように、
ふっふっふ
と笑った。

「おもよはうちの女中なんですがね。どうやらどこぞのお医師どのに籠絡(ろうらく)されたようですよ」

と国瑞が磬音に説明した。

「桂川家に仕える女中衆が裏切ったの。呆れた」

おこんが呟いた。

磬音は手にしていた杖を構えた。

七福神のうち六人がすでに抜き身を構えて、鳥追のおもよの前に出た。

磬音らとはまだ五、六間の間合いがあった。

「よいですか、桂川さん、おこんさん。この場を動いてはなりませぬぞ」

と磬音が二人の連れに言いかけると、後方の闇に呼びかけた。

「一日ご苦労でした、お二人さん！」

するとと闇の一角が揺れて、駕籠かきに扮した品川柳次郎と竹村武左衛門が姿を見せた。

「あら、品川様に酔っ払いの竹村様」

「坂崎さん、駕籠かきに扮するのではなかったぞ。寒くてかなわぬ」

武左衛門が早速愚痴を零した。

「桂川さんとおこんさんの身をしっかりと護ってください」

磐音の命に柳次郎が刀を構えて、

「承知した」

と応じた。

「こんな趣向があったのね」

おこんの声を背に聞いた磐音は、自ら間合いを詰めた。磐音が手にしていたのは五尺ほどの長さの六角の杖だ。

「黒七福神のお頭に申し上げる。児戯に等しい悪さをやめられる気はござらぬか。ご身分に関わりましょう」

磐音の忠告に、一行の後ろに独り立つ男の甲高い声が答えた。布袋に扮しているのが田村義孝のようだ。

「先生方、手筈どおりに願いますぞ！」

その声に、六福神が磐音を囲むように前進してきた。

「金子にて雇われましたか。それにしても七福神に身を窶されるとは」

磐音の嘆きに大黒天と思しき剣術家が素早く反応して、八双の剣を突進に合わせて振り下ろしてきた。

磐音が構えた杖が、迫り来る大黒天の足の脛を素早く薙いだ。

剣と杖では間合いが違った。五尺の杖が、
ごつん
と骨の音を響かせ、悲鳴を上げた黒衣の大黒天が畦道に転がった。

左手から刃風が襲いきた。

磐音の杖はすでに手元に引き戻され、突っ込んでくる恵比寿の鳩尾にその先端が突き出されていた。

ぐえっ
という呻き声を残して、恵比寿が仲間の足元に尻餅をついた。

三番手と四番手の弁財天と福禄寿が同時に剣を揃えて、磐音に迫った。

磐音の杖が右に左に払われ、突き出され、鬢を殴り付けられ、喉元を突かれた二人が田端村の田圃に転がり落ちた。

喉を突かれた福禄寿は、
げえげえ
と喉から奇声を上げて転げ回っていた。

残るは寿老人と毘沙門天の二人だ。

「どうなさるな」

磐音がぐいっと迫った。

猛稽古で鳴る佐々木玲圓門下の逸材が五尺の杖を構えて迫り来るのだ。

磐音は長屋を出るとき、包平を置いてきた。玲圓の教えを自分なりに考えてのことだ。

たじたじと後ろに下がった寿老人と毘沙門天に布袋の田村義孝が、

「先生方、斬ってください」

と悲鳴を上げた。

その声が二福神の逃げ出すきっかけになり、磐音に背を見せるとばたばたと下駒込村の方向へ走って消えた。すかさず鳥追のおもよもその後を追った。

その場に残っているのは今や田村義孝だけだ。

「布袋どのに申し上げる。よいな、お医師を志された者が人を金子で雇うて同僚に怪我をさせようと企むなど言語道断、正気の沙汰ではござらぬ。再び桂川国瑞どのに危害を加えんとなされるならば考えがござる。それがし、上様御側衆とつながりがござる。今宵の企み、すべて申し上げることになる。よいか、お立場を考えて自重なされよ！」

磐音の声が田端村に凛然と響き、布袋姿の田村義孝が顔を歪めてその場から逃げ去った。

「茶番に皆さんを付き合わせましたな。申し訳ないことです」

国瑞が厳しい声で詫びた。

「お医師どの、申し訳ないと思われるならば、それがしに熱燗を馳走してくだされ」

と武左衛門が答え、

「竹村様、ただ今扮しておられるのは、桂川先生とこんを助けんがための格好にございましょう。心魂まで駕籠かきになったわけではないでしょう」

とおこんに叱られ、武左衛門がしゅんとなった。

「おこんさん、お二人は私どもの後をこの格好で一日尾行なされていたのだ。そう厳しく責めんでくだされ」

と磐音が言い、

「ほれ、見よ。坂崎さんのほうが話が分かるわ。ともかく酒のある広小路に一刻も早く戻ろうぞ」

武左衛門の叫びで黒衣の七福神の騒ぎは幕を閉じた。

二日後の昼下がり、磐音とおこんの姿は六郷の渡し場にあった。

小田原宿の小清水屋の主右七と娘のお佐紀、それに仲人の赤木儀左衛門を迎えるためだ。

半刻（一時間）余り往来する渡し舟を見送った。

だが、八つ（午後二時）の頃合い、川崎宿からやってくる渡し舟に目当ての一行を見つけた。

「おこんさん、あの方がお佐紀どのです」

姉様被りに道中衣を着たお佐紀の白い細面が、おこんの目にもはっきりと映じた。緊張した顔に隠しきれない聡明さと美貌が見えた。

その瞬間、おこんは、

「このお方こそ今津屋吉右衛門様に相応しいお内儀様」

と確信した。

おこんが手を振り、同時に船中のお佐紀が応えて、二人の女は無言の挨拶をなした。


正月十五日は上元の祝儀の日で、江戸では家々が小豆粥を炊いて食べる習わしがあった。またお店では十五、十六日と藪入りで、奉公人は実家に戻り、あるいは岡場所などに遊びに出た。

米沢町の両替屋行司今津屋ではこの日お店は昼仕舞いで、奉公人たちは昼から次の日夕暮れまで暇が貰えた。

だから小僧の宮松などは朝から張り切って町内掃除を念入りにし、老分番頭の由蔵から小遣いを、おこんから実家への手土産を貰うことを楽しみにしていた。

お店がそろそろ戸締りをするという頃合い、本石町三丁目の長崎屋から三挺の駕籠が今津屋の店先に到着した。むろん小田原宿の脇本陣主、小清水屋右七とお佐紀の親子に吉右衛門の義兄赤木儀左衛門であった。

そして三挺の駕籠には長崎屋まで出迎えた坂崎磐音が従っていた。

店前には老分番頭の由蔵以下奉公人が出迎え、

「どなた様も忙しい折りにご迷惑をかけますな」

と仲人役に徹した儀左衛門が由蔵らに気を遣い、

「遠路はるばるようもおいでくださいました」

と由蔵が応じるのを見て、筆頭支配人の林蔵ら古手の奉公人はお佐紀に目を留め、

（ひょっとしたら旦那様の新しいお内儀になられる方か）

と察した。

その時、奥では吉右衛門が仏間にあって、お艶の位牌に話しかけていた。

「お艶、そなたの城に新しい内儀を迎えることになるがよいか」

仏壇の奥でなにかかさこそと動いた。そして、吉右衛門の胸にお艶の声がはっきりと響いた。

（旦那様、ようございました。これでお艶も安心でございますよ）

店から通じる廊下に人の気配がした。

吉右衛門は庭を取り巻く廊下の向こう側を見た。お店から通じる廊下が遠くに

見えた。

庭には早咲きの白梅の花が咲いていた。

その奥から、おこんに案内されたお佐紀が姿を現した。

お佐紀の姿は凜とした白梅の花の精から生まれ出たように思えた。

(坂崎様が白梅に喩えなされたわけだ)

そう考える吉右衛門の視界から一旦お佐紀の姿が消え、しばらくして、

「旦那様、小田原からの客人、小清水屋右七様とご息女のお佐紀様です」

とおこんの声がした。

吉右衛門の視界に、お佐紀が廊下に座るのが見えた。

見詰める吉右衛門と顔を上げたお佐紀の目がぴたりと合った。

そのとき、二人は小さく頷き合った。

(確かに白梅じゃな)

そう考える吉右衛門にお佐紀が、

「今津屋吉右衛門様、佐紀にございます。主様にご挨拶する前に、お艶様にお断りしとうございます。仏間に入ることをお許しください」

と声をかけた。

それを聞いたおこんは、

（この話は絶対にうまくいくわ）

と胸が熱くなるのを感じていた。

そのとき、梅の枝に鶯(うぐいす)が止まり、

ほーほけきょ

と啼(な)くのを磐音は聞いた。

《特別著者インタビュー》
いま、「居眠り磐音」を振り返りて〈前編〉

毎月二冊ずつ刊行中の「居眠り磐音」〈決定版〉シリーズ。全巻を見通して目配りを施している著者・佐伯泰英さんに、いま、改めて「磐音」の物語への思いをお伺いしました。第十二巻『探梅ノ家』と第十三巻『残花ノ庭』に前・後編に分けて掲載します。〈前編〉は、主人公・坂崎磐音が生まれるまでを振り返ります。

――「居眠り磐音」〈決定版〉シリーズは、十巻を超えました。

全五十一巻のようやく五分の一……著者が言うのも無責任ですが、先はまだまだ長いですネ（笑）。

――シリーズ刊行が始まるや、「『居眠り磐音　江戸双紙』が完結して淋しい思いでいましたが、磐音が帰ってきて嬉しかった」と、磐音との〝再会〟を喜ぶ読者の声が寄せられました。

有り難いことです。二〇〇二年、第一作目『陽炎ノ辻』を刊行してから第五十一作

『旅立ノ朝』の完結まで足掛け十五年、気付けば累計部数二千万部を超えるシリーズとなっていました。読者の方々への感謝しかありません。その一方で、文庫書き下ろし時代小説を「消耗品」と考え、一冊を二十日間ほどで書き飛ばしてきた著者としては、たくさんの方に愛されたシリーズゆえに、もう一度読み返して手を入れたいと、かねてより熱望していました。著者はもちろん、編集者にもまっさらな視点で見直してもらうため版元を変えました。

――〈決定版〉の編集を進めるなかで、改めてシリーズの奥深さと長大さを実感しましたが、当初はどこまで構想されていたのですか。

構想など全くありませんでした。ただ、次へ、次へという焦りにも似た執筆しかなかった。正直なところ、どこで打ち切られるか、どこからも注文が来なくなるんじゃないか、と怯えながら書いていた。「磐音」が幸運だったのは、「密命」や「鎌倉河岸」のシリーズがある程度成功した時期にデビューできたことでした。

磐音に限らず、そもそも、私は書き始める前に構想するということがないんです。パソコンの前に座らないと何も浮かばない。

――パソコンの前に座ると、物語が降りてくるのですか？

降りてくるとは小説の神様の言うことでね、カッコよすぎるなあ（笑）。季節がいつか、場所はどこかが決まると、たとえば雷が鳴ったとか、そこに腰に一本差している侍、いまにも雨が降りそうななか、懐にはいくらあるのか、どこに行こうとしているのか……そんなことを考えていると、物語が進んでいくんですね。

かつて現代小説を書いていた頃、ある作家さんにこんなことを言われました。「賞を取りたければ、まず構成を考え順序立てて書くものだよ。あなたみたいに書きっぱなしでは無理だ」と。実はこの言葉がずっと気にはなっていたんですが、資料を準備して、構成を考えて、すっかりお膳立てしてから書く、というのはどうにも性に合わなかった。パソコンの前に座って、昨日書いた何行かを読み直せば、そうか、磐音はこう言ったんだな、だったらこう行動するな、と彼らが次々と動いていく。私がすることは、頭の中に浮かんできた言葉をパソコンに打ち込んでいくだけ。最近は言葉がだんだん出なくなってきましたが、とにかく私と物語が突発的にガーン！とぶつかったときに物語が走っていく。これは今も変わりません。

――「居眠り磐音」の物語の原点である関前の悲劇も、突発的に生まれたのですか。

いえ、関前の悲劇は頭の中にあったようです。売れない現代物を書いていた私が、「官能小説か、時代小説しか残されていない」と追い詰められ、生き残りを賭けて初めて書いた時代小説は、五話からなる短編集で、編集者に酷評されて、いったんお蔵入りになった。そのなかのひとつが「流言」と題した短編で、それを長編の第一章として書いたのが『いねむり磐音江戸日誌　炎熱御番ノ辻』でした（『陽炎ノ辻』「決定版刊行に際して」参照)。その原稿を、さる出版社から退社を余儀なくされてフリーになった知己の編集者が双葉社の担当者に持ち込んだ、それがすべての始まりでした。あのとき、組織の枠に納まらない編集者がいなければ、「磐音」の物語はどうなっていたことか……。

「磐音」に込めた思い

――「磐音」を書くにあたって、モデルはありましたか。

ありませんでしたね。私の長編時代小説第一作は『密命 見参!寒月霞斬り』ですが、これは藤沢周平さんの『用心棒日月抄』を意識して書き始めて、途中で柴田錬三郎風になったり、山本周五郎を真似てみたり、誰かの小説の光景を念頭に試行錯誤していました。そこから三年が経って、誰かを真似るのではなく、自分なりの時代小説のスタイルが出来てきて、ほどよく力が抜けて書けたのが「磐音」でしたね。

磐音は長崎に行き、京都に向かい……奈緒を追いかけますが、このあたりはまだ力みがありました。やがて磐音が江戸に戻ってきて、吉原にいる奈緒を陰ながら見守るようになると、磐音の考え方や行動が定まっていきました。楽しみながら書いたなあ。いま〈決定版〉のために手直しをしていますが、「あれ、俺こんな物語を書いたんだ。けっこう面白いじゃないか」と感心しています(笑)。

――時代小説の登場人物と言えば、〇〇衛門や〇〇次郎といったお馴染みの名前があり

ますが、磐音という二文字の名前には強い響きがあります。

磐音という名前も、シリーズが長く続いた理由のひとつだと思います。そもそも「イワネ」とは、同級生の一年上のお兄さんに「石根」さんという方がいらして、その響きが強く印象に残っていた。『居眠りナントカ江戸双紙』という通しタイトルを考えていたときに、遠い記憶が浮かび上がってきたので、「磐音」と字を当てたんです。

――その「石根」さんが、ご自宅を訪ねて来られたことがあったとか。

そう、彼のことを同級生だと私が勘違いして書いたあとがきかなにかを読んで、「私は先輩です」と訂正に熱海のわが家にみえた。いやあ、驚きました。虚構の主人公の名前のもとになった方が現れ、記憶違いまで指摘されたのですから（笑）。

シリーズが続くなかで、「生まれた子供に『磐音』と名付けました」とか、「うちの犬は『磐音』です」という読者の方がたくさんいらして。「磐音」は難しい字ですが、かなりインパクトがあったんだと思います。

――磐音という名前の硬質な響きとは対照的に、彼は優しく、お人好しで、困っている人を放っておけない。この性格はどのように決まったのですか。

磐音を語るとき、やはり関前の悲劇があります。志を一にした友を斬って、自分は生き残ってしまったという責めや後悔を負い、奈緒とも別れて藩を出奔、江戸に行く。本来、欲していなかった重荷を背負った磐音、最後の最後まであの悲劇を償おうとし、奈緒への想いを抱え続ける磐音。そんな人物だからこそ、キリリとした剣術家というよりは、長閑で、ほっこりとした性格の方がいいのかなと思ったんです。頭で考えて磐音のキャラクターが出てきたのではなくて、最初の状況設定が磐音を作っていったような気がします。いつの間にかそんな磐音に私が乗せられ、あとは勝手に物語が動いていったんです。

――タイトルの「居眠り」という部分にもそうした思いが込められていたのですか。

そうです。「居眠り剣法」とは、その実態を著者もよく分からないのですが（笑）、間合いというか、緩急の「急」よりも「緩」を書いた方が磐音らしいということで、「春先の縁側で日向ぼっこをしている年寄り猫のよう」、「眠っているのか起きているのか、まるで手応えがない」と例えました。

――磐音の剣はどちらかと言えば受け身で、相手の剣を吸い付くように受けます。

相手の力を殺していくのだけれど、最初の頃は実際にかなりの相手を斬っていましたね。担当者からは、「佐伯さん、殺し過ぎですよ！」と言われた気がする（笑）。それもそうかと、木刀に変えたり、峰で打つようにしたり。本来、峰で打つと刀が折れやすくなるので、剣術ではやってはいけないらしいのですが、まあ、物語ということで。たとえ物語でも、人を殺すよりは刀が折れた方がまだいいじゃないか、と開き直っていましたね。

（『残花ノ庭』収録〈後編〉につづく）

本書は『居眠り磐音 江戸双紙 探梅ノ家』（二〇〇五年三月 双葉文庫刊）に
著者が加筆修正した「決定版」です。

編集協力 澤島優子
地図制作 木村弥世
DTP制作 ジェイ エスキューブ

文春文庫

探梅ノ家(たんばいのいえ)
居眠り磐音(いねむりいわね)（十二）決定版(けっていばん)

定価はカバーに表示してあります

2019年8月10日　第1刷

著　者　佐伯泰英(さえきやすひで)
発行者　花田朋子
発行所　株式会社　文藝春秋

東京都千代田区紀尾井町 3-23　〒102-8008
TEL　03・3265・1211(代)
文藝春秋ホームページ　http://www.bunshun.co.jp

落丁、乱丁本は、お手数ですが小社製作部宛お送り下さい。送料小社負担でお取替致します。

印刷製本・凸版印刷

Printed in Japan
ISBN978-4-16-791333-5

居眠り磐音

友を討ったことをきっかけに江戸で浪人暮らしの坂崎磐音。隠しきれない育ちのよさとお人好しな性格で下町に馴染む一方、"居眠り剣法"で次々と襲いかかる試練と敵に立ち向かう!

居眠り磐音〈決定版〉 順次刊行中!

①陽炎ノ辻 かげろうのつじ
②寒雷ノ坂 かんらいのさか
③花芒ノ海 はなすすきのうみ
④雪華ノ里 せっかのさと
⑤龍天ノ門 りゅうてんのもん
⑥雨降ノ山 あふりのやま
⑦狐火ノ杜 きつねびのもり
⑧朔風ノ岸 さくふうのきし
⑨遠霞ノ峠 えんかのとうげ
⑩朝虹ノ島 あさにじのしま
⑪無月ノ橋 むげつのはし
⑫探梅ノ家 たんばいのいえ
⑬残花ノ庭 ざんかのにわ
⓮夏燕ノ道 なつつばめのみち
⓯驟雨ノ町 しゅううのまち

※白抜き数字は続刊

⑯ 螢火ノ宿　ほたるびのしゅく
⑰ 紅椿ノ谷　べにつばきのたに
⑱ 捨雛ノ川　すてびなのかわ
⑲ 梅雨ノ蝶　ばいうのちょう
⑳ 野分ノ灘　のわきのなだ
㉑ 鯖雲ノ城　さばぐものしろ
㉒ 荒海ノ津　あらうみのつ
㉓ 万両ノ雪　まんりょうのゆき
㉔ 朧夜ノ桜　ろうやのさくら
㉕ 白桐ノ夢　しろぎりのゆめ
㉖ 紅花ノ邨　べにばなのむら
㉗ 石榴ノ蠅　ざくろのはえ
㉘ 照葉ノ露　てりはのつゆ
㉙ 冬桜ノ雀　ふゆざくらのすずめ
㉚ 侘助ノ白　わびすけのしろ
㉛ 更衣ノ鷹　きさらぎのたか　上
㉜ 更衣ノ鷹　きさらぎのたか　下
㉝ 孤愁ノ春　こしゅうのはる
㉞ 尾張ノ夏　おわりのなつ
㉟ 姥捨ノ郷　うばすてのさと
㊱ 紀伊ノ変　きいのへん
㊲ 一矢ノ秋　いっしのとき
㊳ 東雲ノ空　しののめのそら
㊴ 秋思ノ人　しゅうしのひと
㊵ 春霞ノ乱　はるがすみのらん
㊶ 散華ノ刻　さんげのとき
㊷ 木槿ノ賦　むくげのふ
㊸ 徒然ノ冬　つれづれのふゆ
㊹ 湯島ノ罠　ゆしまのわな
㊺ 空蟬ノ念　うつせみのねん
㊻ 弓張ノ月　ゆみはりのつき
㊼ 失意ノ方　しついのかた
㊽ 白鶴ノ紅　はっかくのくれない
㊾ 意次ノ妄　おきつぐのもう
㊿ 竹屋ノ渡　たけやのわたし
51 旅立ノ朝　たびだちのあした

書き下ろし〈外伝〉

① 奈緒と磐音　なおといわね
② 武士の賦　もののふのふ

文春文庫　書きおろし時代小説

（　）内は解説者。品切の節はご容赦下さい。

稲葉 稔
やれやれ徳右衛門
幕府役人事情

色香に溺れ、ワケありの女をかくまってしまった部下の窮地を救えるか？　役人として男として、答えを要求されるマイホーム侍・徳右衛門。果たして彼は〝最大の敵〟を倒せるのか。

い-91-3

稲葉 稔
疑わしき男
幕府役人事情 浜野徳右衛門

与力・津野惣十郎に絡まれた徳右衛門。しまいには果たし合いを申し込まれる。困り果てていたところに起こった人殺し事件。徒目付の嫌疑は徳右衛門に——。危うし、マイホーム侍！

い-91-4

稲葉 稔
五つの証文
幕府役人事情 浜野徳右衛門

従兄の山崎芳則が札差の大番頭殺しの容疑をかけられた。潔白を証明せんと一肌脱ぐ徳右衛門。が、そのせいで妻のあらぬ疑いを招くはめに。われらがマイホーム侍、今回も右往左往！

い-91-5

稲葉 稔
すわ切腹
幕府役人事情 浜野徳右衛門

剣の腕を買われ、火付盗賊改に加わった徳右衛門。大店に押し入った賊の仲間割れで殺された男により、窮地に立つことに。何よりも家族が大事なマイホーム侍シリーズ、最終巻。

い-91-6

上田秀人
奏者番陰記録
遠謀

奏者番に取り立てられた水野備後守はさらなる出世を目指し、松平伊豆守に服従する。そんな折、由井正雪の乱が起こり、備後守はその裏にある驚くべき陰謀に巻き込まれていく。

う-34-1

風野真知雄
耳袋秘帖
妖談うつろ舟

江戸版UFO遭遇事件と目される「うつろ舟」伝説。深川の白蛇、幽霊を食った男…。怪奇が入り乱れる中、闇の者とさんじゅあんの謎を根岸肥前守はついに解き明かすのか？　堂々の完結篇。

か-46-23